I0450742

www.ingramcontent.com/pod-product-compliance
Lightning Source LLC
Chambersburg PA
CBHW030238180626
46810CB00008B/3194
9781990157165

انتشارات انار

|انتشارات انار|

| فریدون دانشمند | از داستان‌های ایران – ۶

بیچاره گلْ بنفشه‌های غفوربابا!

کنون، ای سخن گوی بیدار مغز
یکی داستانی بیارای، نغز

بیچاره گلِ بنفشه‌های غفوربابا!
از داستان‌های ایران-۶
نویسنده: فریدون دانشمند
دبیر بخش «از داستان‌های ایران»: بنفشه حجازی
مدیر هنری و طراح گرافیک: عبدالرضا طبیبیان
چاپ اول: تابستان ۱۴۰۰، مونترال، کانادا
شابک: ۵-۱۶-۹۹۰۱۵۷-۱-۹۷۸
مشخصات ظاهری کتاب: ۸۸ برگ
قیمت: US $ 11 - CAD $ 14 - € 9.5 - £ 8

|انتشارات انار|
نشانی: 746A, Plymouth Av., Montreal, QC, Canada
کدپستی: H4P 1B1
ایمیل: pomegranatepublication@gmail.com
اینستاگرام: pomegranatepublication

پیشکش به

همسرم همراهم مهین

فهرست

کیمیا

یک صبح تا ظهر بیشتر زمان نبرد و عطاری از هم پاشید.

•••

گرمای مطبوع و آهنگ یکنواخت قلپ قلپ تخلیه‌ی نفت در بخاری، او را به خلسه فرو برده بود و کلمات در کله‌اش رژه می‌رفتند.

«غفورخان از خر شیطون پیاده شو! صد بار گفته‌م و باز می‌گم، این دکون بهترین جای خیابونه و تو قدرشو نمی‌دونی. حیف این عتیقه که زیر خاک بمونه! تا کی می‌خوای دس رو دس بذاری، چار تا پیر و پاتال رو دل کنن و بیان ازت گل گاوزبون و فلوس و نمی‌دونم چی‌چیک بسونن؟ قافله سالار بودی غفورخان، ته قافله افتادی!»

«آقا جان سلام. از این راه دور دستت را می‌بوسم. تصدق ننه و آبجی‌ها هم

می‌شوم. سفارشات شما را همه بر دیده می‌گذارم. عکس دسته‌جمعی را مطابق سفارش قاب کردم و به ترتیبی که فرموده بودید به دیوار کوبیدم. خانم صاحب پانسیون اول صدایش درآمد، اما وقتی فهمید هفت نفر دخترها همگی خواهران من هستند، کلی خندید و دیگر اعتراضی نکرد. هوا اینجا بیشتر اوقات ابری است. مه و باران دست از سر آدم برنمی‌دارد. آخ که دلم یک ذره شده است برای آفتاب ایران خودمان. گرم هم که باشد، یک لیوان از آن شربت خاکشیر دستپخت شما دل و جگر را جلا می‌دهد. سرتان را درد نیاورم. من شب و روز درس می‌خوانم که زودتر برگردم و دیده‌ام به دیدارتان روشن گردد. فامیل و آشنایان را سلام برسانید. تصدقتان بشوم، غفار.»

پیش‌تر غفوربابا صدایش می‌کردند، اما بعدها بسته به این که به چه کسی و برای چه کاری پیشش بیاد، غفورآقا و غفورخان و این اواخر حاج غفور هم می‌نامیدندش. زنش او را آقا و بچه‌هایش آقاجان خطاب می‌کردند.

سی سال پیش در دوشان تپه، ته خیابان، خیابان که نه، باریکه‌ی خاک‌آلود تنها بقالی را دایر کرده بود. اوایل کار طوری جنس جور می‌کرد که مشتری دست خالی برنگردد، اما بعداً که دور و برش مغازه زدند، شد غفورباب‌ای عطار و عطاریش پر شد از انواع گیاهان دارویی و عطریات و عرقیات. دکانش سالیان دراز همانطور ماند و ماند و در و پیکر و قفسه‌های چوبیش دست نخورد و فقط سالی یکبار با کمک پسرش، غفار، رنگ آبی غلیظی بر آن مالیده می‌شد. در این چند سال اخیر هم که غفار به انگلیس رفته بود، همین رنگ را هم نزده و همانطور مانده بود. در عوض داخل عطاری همیشه تر و تمیز بود و بوی خوش می‌داد. باغچه‌ی کوچک جلوی دکان، همه‌ی این سالها مملو از گلهای بنفشه‌ی رنگ و وارنگ می‌شد و گرچه طی سالها چندین بار خیابان را آسفالت کردند، پیاده‌رو را موزاییک کردند، برای لوله‌ی آب و کابل تلفن کندند و ساختند، شکل و شمایل باغچه عوض شد، اما همچنان هرسال باغچه‌ی کوچک غفوربابا بنفشه‌های رنگ و وارنگ، یک اندازه و یک بو داد.

اوایل جوانی بودکه عشق کیمیاگری به سرش زد. دور از چشم دیگران وسایل کار را فراهم کرد و وقت و بی‌وقت به پستوی دکان می‌رفت و مواد را قاطی می‌کرد و شعله می‌داد. چیزی درمی‌آمد. محک می‌زد و چون به نتیجه نمی‌رسید، دور می‌ریخت. کمی از آن برمی‌داشت وکمی به این اضافه می‌کرد، شعله می‌داد و دوباره از نو.

اگر اوس فرج مسگر رفیق زورخانه‌اش موی دماغش نشده بود، به قول خودش به جایی رسیده بود. گر چه به قول اوس فرج «هیچ اینکاره‌ای به هیچ جا نرسیده بود.» اوس فرج مرتب داستان زکریای رازی را برایش تکرارکرده بود و در عالم رفاقت دست خواهر خودش را توی دست غفورباباگذاشت که هم سر و سامان بگیرد و هم بادکله‌اش بخوابد.

غفوربابا بعد از این که زن گرفت، مثل زکریا، کیمیاگری راکنارگذاشت و بقالی را تبدیل به عطاری کرد. البته زکریای رازی نشد و پزشک نشد، اما غفوربابای عطار شد و معتمد محل و مشکل‌گشای آشنا و غریبه.

درآمد عطاری خوب بود و او هم ریخت و پاش کمی نداشت. نه تنها خرج خانه و مهمان و بیا و برو جور بود، که چهارتا خواهر زن را هم بعد از این که اوس فرج را شبانه چند نامرد حرام لقمه با قمه لت و پارکردند، سرپرستی کرد و هریک را پس ازدیگری با عزت به خانه‌ی شوهر فرستاد. پسر و هفت دختر خودش را هم مثل دسته‌ی گل پرورش داد.

غفوربابا یک آرزوی بزرگ داشت، آن‌هم این که تنها پسرش غفار، مصداق آرزوی تحقق نیافته‌ی خودش شود و از بچگی توی گوشش می‌خواند «تو باید دکتر شوی غفار، باید.»

از بد روزگار، غفار چند سال پشت کنکور ماند. خودش ناامید شده بود، اما غفوربابا مصمم بودکه تا آن سر دنیا فرستاده، باید غفار را دکترکند و طعنه‌های حاج‌غلام باجناقش هم او را دلسرد نمی‌کرد. دوست و آشنا و آدم‌های وارد را دید و عاقبت غفار را راهی لندن کرد. او اطمینان داشت که پسرش جوهرش را دارد و با دست پر برمی‌گردد.

ده سال گذشته بود و از غفار تنها نامه‌هایش می‌رسید و در هر نامه وعده می‌داد که به زودی برمی‌گردد و غفوربابا و زنش و دخترهایش که یکی یکی بزرگ می‌شدند، همچنان منتظر بودند که آقای دکتر همین روزها برگردد. یکی از اتاقهای خانه را هم برایش خالی کرده بودند که مطبش را همانجا دایر کند.

غفوربابا سالیان سال می‌توانست به وعده‌های پسرش دلخوش باشد، اگر حاج‌غلام و طعنه‌هایش اجازه می‌داد. مخصوصاً از وقتی که حاج‌غلام را بازنشسته کرده بودند و توی خانه نشسته بود، یعنی ننشسته بود یا دم در خانه‌اش زاغ سیاه مردم را چوب می‌زد، یا به عطاری می‌آمد و با حرف‌هایش توی دل غفوربابا را خالی می‌کرد. کافی بود نامه‌ای از غفار می‌رسید. او فوراً سر و کله‌اش پیدا می‌شد و ته و توی قضیه را در می‌آورد که غفار چه نوشته است و معمولاً در آخر سری تکان می‌داد و با تمسخر می‌گفت «نچ! چشام از حرفای پسره آب نمی‌خوره. ابن سینام که می‌خواس بشه، این همه سال؟»

غفوربابا از حرف باجناق خلقش تنگ می‌شد اما به روی خود نمی‌آورد و همه را می‌گذاشت به حساب این که حاج‌غلام اجاقش کور بود و لابد حسودیش می‌شد. تازگی‌ها هم او پیله کرده بود و هر روز برای مغازه‌اش نقشه‌ای می‌کشید و تحریکش می‌کرد که شغلش را عوض کند و سرمایه‌اش را علاف عطاری نکند. غفوربابا دندان روی جگر می‌گذاشت و تحمل می‌کرد، بیشتر به خاطر خواهر زنش که ناراحتی قلبی و فشار خون و مرض قند و بدتر از همه دلی نازک داشت و همه‌ی ترسش این بود که مبادا روزی پرده‌ی حرمت بینشان پاره شود و رو نداشته باشند توی چشم هم نگاه کنند. فکر می‌کرد هرچه باشد فامیل هستند و به صد بند به هم وصلند و از طرف دیگر، چه سال‌ها که چه کارها با هم نکرده بودند که یاد آن خاطرات به دنیایی می‌ارزید.

‐ حاج آقا... حاج آقا!

رشته‌ی افکار غفوربابا پاره شد و هیکل فربه‌ی مشتری را مقابل خود دید که از قیافه‌اش پیدا بود مدتی را آنجا ایستاده و احتمالاً چند بار سلام داده، چند بار

صدا زده، این پا و آن پا کرده، تصمیم گرفته برود و باز پشیمان شده است.

- سلام، جناب گودرزی!

- سلام دادیم. انگار در عوالم دیگه سیر می‌کردید.

- انشاءالله می‌بخشید. فرمایشتون؟

- حاجی، شیرین بیان که دارید؟

- بعله... ناراحتی معده، درسته؟

- دوا درمون کردیم، رفقا گفتن جوشونده‌ی شیرین بیان...

- معرکه‌س.

غفوربابا، وزنه در کفه‌ای و ریشه‌ی شیرین بیان در کفه‌ی دیگر ترازو گذاشت و گفت: «بچه‌ی خود آدم، آدمو پیر می‌کنه تا چه رسه به سر و کله زدن با بچه‌ی مردم. نه؟»

گودرزی لبخندی زد و جواب داد: «چه کنیم؟»

«در عوض پولش حلاله، حلالِ حلال... حسابی می‌جوشونیش و جوشونده رو می‌ریزی تو بطری و می‌ذاری تو یخچال. صب به صب ناشتا یه استکان نوش جان می‌کنی. حقیقت اینه که به اعصاب آرامش می‌ده. اصل اعصابه. اصل اینه که آدم حرص و جوش نخوره.»

گودرزی متین و متبسم، سرش را به نشانه‌ی تأیید حرف‌های غفوربابا تکان داد و علیرغم اصرار و تعارف بیش از اندازه‌ی او، پول دارو را حساب کرد و رفت.

گودرزی از چند ماه پیش به این محل آمده بود. ته و توی اسم و رسم و کار و بارش را حاج‌غلام درآورده بود. هم او و هم زنش معلم بودند. یک دختر کوچک هم داشتند که هر وقت با پدرش از جلوی عطاری عبور می‌کردند، غفوربابا گلی از باغچه‌ی پیاده‌رو می‌کند و به او می‌داد. غفوربابا از دیدن گودرزی یاد غفار خودش می‌افتاد «درست همین سن و سال! کمی بلندتر و کمی لاغرتر. چه خوب می‌شد پیشم بود! عصای دستم بود! حالا دکتر نشه، معلم باشه. مگه گودرزی چشه؟ زن داره، یه بچه‌ی ناز داره، سر و سامون داره... آخ اگه بود! زن و بچه و... آخ نوه‌های من!»

از خودش بدش آمد. حس کرد این اثرات حرف‌های حاج‌غلام است که مثل موش در میان آرزوهایش صد نقب زده است.

حاج‌غلام آن طرف خیابان گودرزی را گیر آورده و به حرف گرفته بود. غفوربابا صدایش زد و گودرزی از خدا خواسته، فوراً سوار ژیانش شد و پرگاز دور شد. حاج‌غلام پیش غفوربابا آمد. انگار کشف مهمی کرده باشد، گفت: «دروغ نگم آق‌معلم افتاده تو خط کاسبی. بفرما غفورخان! معلم جماعتم رفته پی تجارت و سرکار چسبیدی به فلوس و گل‌گاوزبون و آویشن و شاخ نبات!»

«می‌گی چکار باید کرد؟»

چشمان حاج‌غلام برق زد و نیشش باز شد.

«چه عجب! چه عجب!»

حواس غفوربابا رفت پیش نامه‌ای که دیروز از لندن بدستش رسیده بود و در این مدت سعی کرده بود به آن فکر نکند. آرام دست برد و پاکت سفید با حاشیه‌ی سیاه و آبی را از کشو بیرون آورد و مثل این‌که نامه دستش را نیش زده باشد، ول کرد جلو حاج‌غلام و گفت: «بخوونش.»

حاج‌غلام که نامه را در هوا قاپ زده بود، دستی به سبیل پرپشت و پف کرده‌ی بیشتر سفید شده‌اش کشید. از شکل پاکت فهمیده بود که نامه‌ی غفار است و با وجود این‌که به نقل از زن غفوربابا و از طریق زن خودش از محتوای نامه آگاهی داشت، خودش را به آن راه زد و گفت: «از غفاره، تازه اومده؟»

«یعنی تو نمی‌دونی؟... بخوون با صدای بلند.»

حاج‌غلام پاکت را گشود. چشم و ابرویی بالا انداخت و خواند: «آقا جان، سلام...»

«چه سلامی؟ اصل مطلبو بخوون!»

حاج‌غلام زیر چشمی نگاهش کرد. هیچوقت باجناقش را اینطور کلافه ندیده بود. می‌دانست مطلب از کجا آب می‌خورد و بدش نمی آمد که آب را بیشتر گل‌آلود

کند. با خونسردی به خواندن نامه ادامه داد: «هوای مه‌گرفته‌ی اینجا...»

غفوربابا بی‌حوصله و عصبی داد زد: «بدرک که مه‌گرفته! پایین‌ترش‌رو بخوون!»

حاج‌غلام که دید توپ باجناقش پر است، از آنجایی خواند که غفوربابا می‌خواست بشنود.

«پدر جان اینجا مخارج گران است. هیچ‌کجا به ما کاری نمی‌دهند. در واقع به ما محل سگ هم نمی‌گذارند. آنچه شما می‌فرستید، خرج یک هفته است. ببخشید بی‌تعارف بگویم از بس که قناعت کرده‌ام، شلوار از کمرم می‌افتد. برای ما غریبه‌ها، اگر بخواهیم به جایی برسیم یا باید حسابی پول داشته باشیم یا این‌که زن انگلیسی بستانیم که شاید...»

غفوربابا کلام حاج‌غلام را قطع کرد: «بسه دیگه نخوون.»

حاج‌غلام فیلسوفانه سری تکان داد و با توجه به وضع روحی غفوربابا، فرصت را برای تکرار منویاتش مغتنم شمرد و گفت: «همون که بهت گفتم غفورخان، یه ماه براش ارز نفرست، دُمشو می‌ذاره رو کولش و برمی‌گرده، وگرنه ده سال دیگه‌م همینه. ابن سینام می‌خواست بشه، این همه سال؟»

شب، سرِ سفره‌ی شام، غذای مورد علاقه غفوربابا یعنی زرشک پلو با مرغ سرخ شده هم اشتهای او را تحریک نکرد. سکوت غریب را بیگم‌بانو شکست و گفت: «حالا چه‌گلی سرمون بگیریم؟» و چون دید سگرمه‌های شوهرش بیشتر در هم رفت، فوراً ادامه داد: «طوری نیس.»

بنفشه آهسته دم گوش نیلوفر گفت: «از آقا جان بپرس، داداش عکس اون زن انگلیسیه رو فرستاده؟»

- بود که می‌گفت.

- شاید قایمش کرده.

- حرف نزن، داره نیگا می‌کنه.

نسترن یک جفت النگوی طلایش را در مچ دست چرخاند، بساط گلدوزیش را

پهن کرد و به مینا گفت: «دفتر و کتابتو بیار اینجا پیش من بشین.»

سوسن از فرصت استفاده کرد و مجله را از دست مینا قاپید. نسترن عینک طبی‌اش را بر چشم گذاشت و رو به سوسن گفت: «با تو هم هستم.»

دو قلوها با اخم سر به پهلو تکان دادند، طوری که موی سیاه و بلندشان موج انداخت. نسترن چپ چپ نگاهشان کرد و آنها پا شدند. مجله‌ی باز روی گل قالی به جا ماند. بنفشه روی زانو رفت و آن را برداشت و برگشت، ورق زد و عکس زنی را به نیلوفر نشان داد و گفت: «باید قیافه‌ی دختره شبیه این باشه.»

- این که خیلی بی نمکه.

- این که خوبه، خداکنه از اون کک مکی‌هاش نباشه!

شکوفه و شقایق از بیرون می‌آمدند و صدای خنده‌شان از حیاط شنیده می‌شد. دوقلوها دفتر و کتاب به دست دویدند پشت پنجره و بیرون را نگاه کردند. سوسن گفت: «خوش بحالشون!»

مینا با حسرت سر تکان داد و گفت: «کاش زودتر نوبت ما بشه!»

نسترن سرشان داد زد: «بشینین سرکارتون.»

شکوفه و شقایق توی در سلامی دادند و رفتند لباسشان را عوض کنند. صدایشان از اتاق دیگر شنیده می‌شد.

- پنج سانت اونورتر بود، جفت چرخاشو انداخته بودی تو جو.

- آره جون خودت! پارکش حرف نداشت.

- رنگ و روی مربی رو ندیدی.

- بد طوری ترسید؟

بنفشه و نیلوفر پاشدند و رفتند پیش شکوفه و شقایق. مینا یواشکی و دور از چشم نسترن، مجله راکشید به طرف خودش و زیر کتابش پنهان کرد. سوسن دید و با شیطنت بغل گوشش گفت: «بهش بگم؟»

سوسن با حرکت سر و چشم التماس کرد و بی صدا لب جنباند «نه تو رو خدا!»

نسترن بی آن که نگاهشان کند، گفت: «بنویسین.»

سر و صدای شکوفه و شقایق و بنفشه و نیلوفر از حمام بلند بود. شکوفه از رانندگی شقایق می‌گفت و چهارتایی می‌خندیدند.

در تمام این مدت حواس بیگم‌بانو پیش غفوربابا بود و نمی‌دانست چکار کند تا بار غمی که بر دوش شوهرش سنگینی می‌کرد، سبک شود. چند بار خواست حرفی بزند، اما ترسید وسط کار بغضش بترکد و اوقات غفوربابا تلخ‌تر از این که هست بشود.

دخترها حمامشان را کردند و یکی بعد از دیگری وارد اتاق شدند. موهای بلند و سیاه و خیسشان برق می‌زد. هر چهار نفر رفتند دور بخاری جمع شدند. بیگم‌بانو گفت: «زود خشک کنین، نچایین.»

بیگم‌بانو به قد و بالای دخترهایش که نگاه می‌کرد، دلش جوان می‌شد، سبک می‌شد و زانوانش قوت می‌گرفت.

هر هفت دختر، عزیز مادر و افتخار پدر بودند. شقایق و نسترن و شکوفه دیپلم خود را گرفته بودند و چهارتای دیگر درس می‌خواندند. شقایق از سال پیش ماشین نویس بهداری شده بود و به اصرار پدرش تمرین رانندگی می‌رفت و هر جلسه یکی از خواهرها همراهیش می‌کردند، به جز دوقلوها که هر وقت نوبتشان می‌شد، دوتایی می‌رفتند.

شقایق با توجه به چهره‌ی اخم‌آلود پدرش گفت: «وقتی بابا رنو رو خرید، خودش و مامانو هر جمعه یه جا می‌بریم؛ فشم، میگون، اوشون، جاجرود، سد لار، سد کرج تا اخمشون وا شه.»

اخم غفوربابا از هم باز نشد اما خیلی جدی گفت: «توی این ماشین همه‌مون جا می‌شیم؟»

مینا فوراً جواب داد: «داداش که بیادش، اونم ماشین داره خب!»

سوسن حرف قُل دیگرش را تأیید کرد: «آره خب. بیادش، ماشین داره.»

نسترن چشم غره‌ی تندی به هر دوتایشان رفت.

غفوربابا حرفی نزد و در فکر فرو رفت. بیگم‌بانو آهی کشید و با خود فکر کرد «آخ اگه غفار اینجا بود! کاش نمی‌رفتی غربت، مادر قربون قد و بالات بشه!»

غفوربابا خوابش نمی برد و گرفتار صد خیال بود. نیمه‌شب از رختخواب بیرون آمد و به حیاط رفت. دست و صورتش را با آب حوض شست و در حاشیه‌ی دیوار کنار باغچه قدم زد و فکر کرد.

بیگم‌بانو متوجه شد که شوهرش بیرون رفت و چون مدتی گذشت و برنگشت، دلواپس شد. پاشد و رفت کنار پنجره و بیرون را نگاه کرد و غفوربابا را دید که سرش را در شانه فروکرده و قدم می‌زند. آهی کشید و برگشت توی رختخوابش و آنقدر به سقف خیره ماند تا خوابش برد. دم‌دمای صبح خواب دید غفوربابا گوشه‌ی حیاط در خودش مچاله شده و در حالیکه چشمانش باز مانده، پنجه‌هایش بر سر کشکک زانو قلاب شده و موی سر و صورتش یخ زده و قندیل بسته است. هول و هراس برش داشت، دوید و هرچه شاخه‌ی خشک دم دستش بود شکست و جلو غفوربابا تلنبار کرد و آتش زد. پشت شعله‌های آتش می‌دید که یخ وجود شوهرش ذوب شده و همراه با آن کوچک و کوچک‌تر می‌شود. ترسید و جیغ زد. دستپاچه بود که چطور آتش را خاموش کند. چیزی پیدا نکرد و به ناچار خودش را روی آتش انداخت. وجودش گُر گرفت. دور حیاط می‌دوید و فریاد می‌کشید، فریاد که نه، صدایی که در گلویش گره بسته و شبیه به خرناس بود.

غفوربابا شانه‌های زنش را تکان داد و از خواب بیدارش کرد و پرسید: «چه شده بیگم؟»

بیگم‌بانو دست شوهرش را گرفت، زیر گریه زد و گفت: «خواب بد دیدم آقا.»

غفوربابا زنش را نگاه کرد و توی فکر فرو رفت. وقتی که بیگم‌بانو خواب بد می‌دید، او در بیداری حساب و کتاب کارش را سبک و سنگین کرده و تمام حرف‌های حاج‌غلام را پیش خود حلاجی کرده بود.

خبرهای دست اول را در این دو سه سال حاج‌غلام برایش نقل می‌کرد.

«غفورخان، کاظم سیا سمساریشو ریخت به هم، داره طلا جواهری می‌زنه.»

«غفورخان، پوشاک بنفشه تعطیل شد. احمد نواب می‌گه: فلونی افتاده تو خط سکه.»

«بفرما غفورخان! حاج نایب داره دکور مغازه شو عوض می‌کنه. فکرشو می‌کردی؟»

«برو ببین، حبیب کتابفروش که سنگ توده‌هارو به سینه می‌زد، اونم افتاد تو خط طلا. معطل چه هستی؟ خیابون شده راسته‌ی طلا فروشا. توکه یه وقت تو این کار ادعات می‌شد. می‌گفتی چشات سنگ محکه. غفورخان بیدار شو!»

غفوربابا دستش را از میان دستان بیگم‌بانو بیرون کشید. سری تکان داد و رفت قلم و کاغذ برداشت و دو خط نامه برای پسرش نوشت.

«عزیزم غفارجان نامه ات نیشتر به قلبم زد. زن فرنگی می‌خواهی چکار، پدرت که هنوز نمرده است. درس دکتری را همچنان با قوت ادامه می‌دهی و نگران مخارج آن نباش.»

بعد رو به زنش کرد و گفت: «خونه رو می‌دم بنگاه، خوب می‌خرن.»

بیگم‌بانو گرچه انتظار این حرف را داشت، اما همچنان گریه می‌کرد. غفوربابا دلداریش داد و گفت: «غصه نخور بیگم، به زودی همه چی جبران می‌شه.»

«دلم شور می‌زنه.»

غفوربابا دست انداخت دورگردن زنش و او را به خود چسباند و در حالیکه بی‌اراده پلک می‌زد گفت: «در ضمن از شقایق بپرس ببین می‌تونه یه ماشین بزرگو که همه توش جا بشیم، برونه.»

•••

یک صبح تا ظهر بیشتر زمان نبرد و عطاری از هم پاشید. اجناس را باروانت کردند و بردند. چند کارگر با کلنگ و دیلم به جان در و دیوار افتادند. باغچه‌ی گل بنفشه‌های جلوی عطاری زیر کیسه‌های سیمان و تخته‌سنگ‌های مرمر سفید و میلگرد مدفون شد. گچ دیوار را تراشیدند و گود کردند تا دیوارها را بتون آرمه کنند.

همسایه و کسبه که شاهد ماجرا بودند، می‌آمدند و می‌رفتند و هرکدام حرفی می‌زدند و سؤالی می‌پرسیدند و به جای غفورباباکه به بازار رفته بود تا مظنه‌ی طلا را ارزیابی کند، حاج‌غلام جواب همه را می‌داد.

چارچشم

«خاطرت جمع باشه همین امروز، همین امشب، سر از کارت در می‌آرم؛ پس دعا کن موشک بزنه تو فرق غلام چارچش، درست وسط هر چارتا که قسر در ری آق‌معلم!»

•••

ماه قربان به دنیا آمده بود. تا قبل از این‌که زن بگیرد او را حاجی و بعد از آن حاج‌غلام صدایش می‌زدند. افسربانو را که گرفت، چند ماه بعد به گمرک خرمشهر منتقل شد. وقتی می‌رفتند، دایم این کلام غفوربابا توی گوشش زنگ می‌زد «این دختر ترد و نازکه؛ بپا غصه نخوره.»

توی غربت زندگی خوبی برای زنش درست کرد. مخصوصاً از زمانی که معلوم شد افسربانو نازا است، هرکاری که در توانش بود انجام می‌داد تا او غصه نخورد. منش حاج‌غلام در گمرک خرمشهر زبانزد خاص و عام بود. با احتیاط از کنارش

عبور می‌کردند و معروف بود که او مو را از ماست می‌کشد. می‌گفتند حاج‌غلام چهار تا چشم دارد و به چارچشم معروف شد.

مثل مرغ ماهیخوار شط، یک لحظه از جست و جو غافل نبود. حواسش جمع کارش بود و از این هم خبر داشت که خیلی‌ها چشم دیدنش را ندارند و همین مسئله عاقبت کار دستش داد.

ضربه‌ای ناغافل حاج‌غلام را خرد و خاکشیر کرد. ضربه‌ای که از سنگینی‌اش دیگر کمر راست نکرد و نه تنها او که افسربانو هم شکست.

«آتش به خان و مان‌تون بزنه که این آتش‌سوزی رو انداختین گردن من!»

پیش از این که یکی از انبارهای گمرک خرمشهر آتش بگیرد، شامه‌ی تیز حاج‌غلام آمد و شدهای مشکوک را بو کشیده بود، اما غافلگیر شد و تا به خود بیاید پای او را به این ماجرا کشیدند و برایش پرونده سازی کردند.

«نامردا! بی‌همه چیزا! این وصله لایق قبای جد و آبادتون بود که چسبوندین به دامن قبای ما!»

اگر کس دیگری بود، زیر آبش را حسابی زده بودند، اما او را فقط می‌خواستند از سر باز کنند. پرتش کردند به گمرک تهران تا ادب شود. ابتدا مقاومت کرد. افسربانو به پایش افتاد و التماس کرد.

«ترو جون هرکی بیشتر دوس داری، کله شقی نکن! بذا بریم. پیش خواهرام باشم بهتره!»

«به جون تو افسر که تو رو از همه کسم بیشتر دوس دارم. چه کنم که نازکی؟ چه کنم که اگه وایسم و تا آخرش بجنگم، تو از دستم می‌ری؟ چه کنم که اگه وانَستم، کی باور می‌کنه حاج‌غلام دزد نبوده و دزدا تهمت دزدی بهش بستن؟»

فهمید که اگر بماند، پرونده‌اش را سنگین‌تر می‌کنند. دست افسربانو را گرفت و به تهران آمدند.

روز و ماه و سال گذشت. نه وضع و حال افسر بهتر شد که پیش خواهرانش

آمده بود، نه داغی که به دل حاج‌غلام گذاشته بودند سرد شد و نه لکه‌ی سیاهی که بر پرونده‌اش ماسیده بود، کم رنگ.

بعد از انقلاب، پرونده‌اش قاطی پرونده‌های دیگر رو شد و آوردند و بردند و سین جیم کردند. حوصله‌ی کلنجار نداشت و در آخر با بیست روز حقوق بازنشسته‌اش کردند و به او گفتند «تازه در حق شما ارفاق شده!»

بعدها که با خودش فکر کرد، به این نتیجه رسید که اینجا هم برایش زده‌اند. به زمین و زمان بدگمان شد. به غفوربابا گفته بود «می‌بینی غفورخان، عراقیام که گمرک خرمشهرو چپو کردن، مث من بی‌آبرو نشدن، می‌بینی؟»

گرچه هیچوقت یاد نداشت که غفوربابا پشت او را خالی کرده باشد، یک بار هم نگفته بود حق با او نبوده و هزار بار باعث و بانی این کار را لعنت فرستاده بود، اما حاج‌غلام ته دلش باور نداشت که غفوربابا روزی، جایی نگفته باشد «شاید چیزکی بوده بالاخره!»

درباره‌ی باجناقش که اینطور فکر می‌کرد تا چه رسد به غریبه‌ها.

روزی که عراقی‌ها خرمشهر را اشغال کردند، بدترین روز زندگی حاج‌غلام بود.

«چرا نرفتم؟ اگه می‌رفتم اونجا، هزار غریبه و آشنا بودن که برام شهادت بدن. اگه می‌رفتم، اون سگای بی‌همه چیزو که برام پاپوش دوختن رسوا می‌کردم. غلام دیر جنبیدی! غلام سنگو از رو سینه‌ت پس ننداختی مرد! همون سالا که اوضاع از هم پاچید باید می‌رفتی! همون گرم گرم باید یقه شونو می‌چسبیدی. حقت بود غلام، حقت بود!»

کار از کار گذشته بود و کاری از دستش ساخته نبود و فکرش را هم که می‌کرد، می‌دید بی‌فایده است و هر چه به تعداد موهای سفیدش اضافه می‌شد، نفرتش از آدمها هم بیشتر می‌شد.

روزگارش شده بود این که، روزها یا دمِ درِ حیاط روی صندلی تاشوِ چوبی‌اش بنشیند و چهارچشمی دیگران را بپاید و نقطه ضعفشان را کشف کند، یا تنگ دل

غفوربابا توی عطاری بنشیند و توی دل او را خالی کند، و شبهاگوش به نک و نال افسربانو بسپارد که خواهرهایش جلوی چشم او پشت سر هم بچه می‌زاییدند و بزرگ می‌کردند و او غصه‌ی درد بی‌درمانش را می‌خورد. غفوربابا چند بار غیرمستقیم و با شوخی و لای پنبه، طوری که دل نازک و بهانه جوی غلام نشکند به گوشش رسانده بود «خوبیت نداره آدم زیاد تو نخ زندگی مردم بره؛ یه روز جلو آدم در می‌آن و آبروریزی می‌شه.»

اما حاج‌غلام خودش را قانع کرده بود «اگه آدم بفهمه دورو برش چی می‌گذره؟ مردم چه کاره‌ن؟ همیشه مشتش پره؛ تا بخوان خرابت کنن، تو پیشدستی می‌کنی و پرونده شونو رو می‌کنی.»

به زنش می‌گفت «آدم اگه دست پیش داشته باشه، پس‌گردنی نمی‌خوره.»

گودرزی، آخرین طعمه‌ای بود که حاج‌غلام بر سر راهش کمین کرد؛ معلم سر به زیری که تازه به آن محل آمده بود، آدمی که از همان روز اول معلوم نبود چه در نگاه حاج‌غلام دیده بود و سعی می‌کرد خودش را از زیر تیغ تیز نگاه او برهاند و همین حاج‌غلام را بیشتر تحریک می‌کرد.

غفوربابا به خاطر گودرزی، رک و پوست کنده به باجناقش گفته بود «اینا دیگه چرا؟ تو نخ اینا واسه‌ی چی رفتی؟ خودش و زنش بیچاره صب تا شوم زحمت می‌کشن و به بچه‌های مردم درس می‌گن. حتم باید یه نکته‌م از اینا بگیری؟»

و حاج‌غلام تلخ و ترش پاسخ داده بود «خواهی دید؛ ثابت می‌کنم که تو این مملکت کمتر کسی پیدا بشه که ریگی به کفش نداشته باشه!»

روزی که بو برد گودرزی با ژیانش چیزهایی می‌آورد و دزدکی به خانه می‌برد، قند توی دلش آب شد و نیت کرد که تا ته قضیه برود و به غفوربابا ثابت کند که فرضیه‌اش درست است.

«دلتو خوش نکن که می‌تونی از چنگم در ری گودرزی! چه فکر کردی؟ چشای حاج‌غلام فقط کنار دکان غفوربابا و توی کوچه نمی‌چرخه، نه کور خوندی آق معلم! از

پشت شیشه‌ی شکسته‌ی انباری، از لای دریچه‌ی مسترابم کوچه زیر نظر حاج‌غلامه. کنار خرپشته‌ی پشت بوم، توی تاریکی شب تا ته اتاقت زیر نگاه حاج‌غلامه. کافیه فقط لای کرکره‌ی پنجره‌ت یه کم وابشه. آره آق‌معلم به من می‌گن غلام چارچشم!»

شاید اگر غفوربابا این چنین رک و پوست کنده سرزنشش نمی‌کرد، شاید اگر بچه‌ای داشت و بچه‌اش درس می‌خواند، شاید اگر گودرزی بچه نداشت و یا کمی لاغرتر بود و یا اینقدر با او سرد برخورد نمی‌کرد و شاید و هزار شاید دیگر... شاید ذهن خرده‌گیر و تیره‌ی حاج‌غلام هم اندکی تلطیف می‌یافت، ولی در وضع فعلی رسیدن به نقطه‌ای که فرضیه‌اش را اثبات کند، عنان از کف عقل او ربوده بود.

•••

بالاخره فرصتی که به دنبال آن بود، پیدا شد؛ آن روز صبح، حاج‌غلام زن گودرزی را دید که چمدان سنگینی را با خود حمل می‌کرد و دخترش را به دنبال خود می‌کشید. حالتش آشفته و چشم‌هایش سرخ بود. با عجله از کنار حاج‌غلام عبور کرد و با حجب سلام داد. از این که مطابق روال هر روز گودرزی پشت سر او از خانه بیرون نیامد، حاج‌غلام حدس زد که زن و شوهر حرفشان شده و کینه‌اش نسبت به گودرزی دو چندان شد و یک ساعت بعد که گودرزی بی‌آن که به او محل بگذارد، نگاهش کند یا سلامی بدهد، از خانه بیرون آمد و سوار ژیانش شد و دود کرد و رفت، این کینه صد چندان شد.

«خاطرت جم باشه همین امروز، همین امشب، سر از کارت در می‌آرم؛ پس دعا کن موشک بزنه تو فرق غلام چارچش، درست وسط هر چارتا که قسر در ری آق‌معلم!»

حاج‌غلام ساعت‌ها هی توی کوچه قدم زد و هی حرص خورد. غفوربابا هم نبود، برود بنشیند با او حرف بزند. غفوربابا ساخت وساز مغازه را تمام کرده و تابلویش را هم زده بود، ویترین را مرمر کرده و برق انداخته بود، دو لایه کرکره‌ی محکم را پایین کشیده و یک جفت قفل محکم زده بود و همراه زن و دخترهایش رفته

بودند نور، منزل برادر ناتنیش تا موشک باران عراقی ها تمام شود و برگردد جواهر فروشی‌اش را افتتاح کند. وقتی می‌رفتند به حاج‌غلام و افسرخانم هم اصرارکرده بودند همراهشان بروند. بیگم‌بانو پیش افسرگریه کرد، خواهش و التماس کرد بلکه بیاید. شقایق گفته بود «خاله جون، ماشین بزرگه، جای همه مون می‌شه.» ولی نه حاج‌غلام راضی به رفتن بود و نه افسر راضی به ترک شوهر. درآخر شماره‌ی تلفن و آدرس آنجا را دادند و رفتند و تا لحظه‌ی آخر بیگم‌بانو گریه می‌کرد و افسر را قسم می‌داد که مواظب خودش باشد.

تا شب که گودرزی برگشت، حاج‌غلام صد نقشه کشید و هزار خیال کرد و هی آمد و هی رفت و حرص و جوش خورد و انتظار کشید. سر سفره‌ی ناهار آنقدر حالش بد بود که افسر جرأت حرف زدن با او را نداشت. افسربانو از موشک می‌ترسید، اما جرأت نکرد از شوهرش بخواهد که توی کوچه نرود و پیش او بماند. ترجیح داد شوهرش را به حال خود بگذارد؛ شوهری که سال به سال خُلقش تنگ‌تر می‌شد وگرچه ازگل بالاتر به او نگفته بود، ولی افسربانو خودش را مقصر می‌دانست.

«اگه بچه‌های کاکل زری و عروس پری براش می‌زاییدم، اگه دور و برشو شلوغ می‌کردم، پیر نمی‌شد، پوک نمی‌شد!»

ترجیح داد رادیو را روشن کند و یک چشمش به در باشد و یک چشمش به آسمان تاکی هوا تاریک شود و حاج‌غلام کوچه را ول کند و پیشش بیاید و برایش بگوید که چه شده و چه نشده و چه دیده است.

هوا تاریک شد. شام حاضر بود و سماور قل می‌زد. افسر صدای درحیاط راکه محکم بسته شد شنید و منتظر ماند تا در اتاق باز شود، اما حاج‌غلام آهسته و نُک پا ازکنار در اتاق گذشت و از پله‌های خرپشته بالا رفت و خودش را به بام رساند. شکار برگشته بود و او خدا خدا می‌کرد که گودرزی یادش برود کرکره پنجره را ببندد. روی زانو به لبه‌ی بام نزدیک شد و درحالیکه مراقب بود که در نور لامپ سر تیر چراغ برق کوچه دیده نشود، به خانه‌ی گودرزی نگاه کرد وگل ازگلش شکفت؛ کرکره باز بود و

می‌توانست با خیال راحت تا ته اتاق طرف را دید بزند.

تازه در بهترین نقطه‌ی سوق الجیشی مستقر شده بود و نشده بود که دید گودرزی فرش اتاق را لوله کرد و تکه‌ای از موکت کف را برداشت و دریچه‌ی آهنی زیرش را بلند کرد و در کف اتاق فرو رفت. از آنچه که دیده بود، چشم‌های حاج‌غلام برق زد و لب‌هایش جنبید: «گیرت انداختم، موش موذی! انبار زیر خونه‌ت زدی ها؟! نگفتم نقشه‌ای زیر سر داره!... حالا دیدی غفورخان، حالا دیدی!»

گودرزی که انگار چیزی را فراموش کرده باشد، از کف اتاق بالا آمد و کرکره را بست و حتی چراغ را هم خاموش کرد. حاج‌غلام پوزخندی زد و زیر لب گفت: «بی‌فایده‌س آق‌معلم! دستت رو شد و نمی‌تونی سر حاج‌غلام کلاه بذاری.»

حاج‌غلام به آسمان نگاه کرد؛ آسمانی صاف و پرستاره از شب‌های استثنایی تهران. احساس خوشی زیر پوستش خزید. به یاد قدیم، یاد تجسس در لنج‌ها و یدک‌کش‌ها افتاد. احساس می‌کرد بر موج شط نشسته و آرام آرام بالا و پایین می‌شود. صدای آژیر خطر هم او را از خلسه‌ی خیال بیرون نیاورد. اگر در موقعیتی دیگر بود، با شنیدن صدای آژیر، صد بار بالا و پایین می‌دوید، صد نفر را خبر می‌کرد، صد جا را به افسر عوض می‌کرد و صد بار در دقیقه قلبش می‌زد، اما اکنون سبکبار و آسوده چشم به آسمان پرستاره دوخته بود و در خیالاتش غرق بود که ناگهان آسمان نارنجی شد و لحظه‌ای طول نکشید که حس کرد کسی او را بلند کرد و محکم به دیوار خرپشته کوفت. پشت سرش درد گرفت و بوی دود مشامش را پر کرد و پیش نگاه ماتش، خانه‌های روبرو کج و معوج و تکه پاره شدند. ناخودآگاه تصویر گودرزی که در کف اتاق فرو می‌رفت برای لحظه‌ای کوتاه ذهنش را انباشت و به سرعت محو شد و بعد انگار کسی محکم و پی در پی با پتک به مغزش می‌کوبید و با هر ضربه، تصویر قبلی ظاهر و محو می‌شد. حالتی غریب در خود حس کرد. دلش می‌خواست چنگ بیندازد و این تصویر را محکم بگیرد و خوب نگاه کند و خوب درباره‌اش فکر کند و تصمیم بگیرد چه کار کند و چه درباره‌اش بگوید.

وقتی سایه‌ی افسر را بر سر خود دید، همه‌ی انرژیش را در حنجره جمع کرد و محتوای آن تصویر ذهنی را فریاد زد، ولی جز اصواتی نامفهوم، حرفی ازگلویش خارج نشد.

شیشه‌های پنجره که خرد شد و پرده‌ی توری را جر داد و جرینگ کف اتاق ریخت، اول افسر مثل بید لرزید، جیغ زد وگوشه‌ای مچاله شد. بعد وقتی گچ دیوار کنده شد و پودر آن بر سرش پاشید، به خود آمد و بی‌اختیار و پابرهنه به طرف بام دوید. احساس کرد در آخرین پله نرسیده به پشت بام، نفسش بند می‌آید، ولی نیرویی شگفت او را به جلو می‌کشاند.

حاج‌غلام کنار خرپشته افتاده بود، یعنی نشسته به دیوار تکیه داده بود و پاهایش دراز بود. دست او راگرفت، گرم بود. حاج‌غلام تکانی خورد و ساق پای زنش را بغل کرد. بغض افسر ترکید. چشمان حاج‌غلام در نور مهتاب برق می‌زد و لبانش مرتب می‌جنبید و اما به جز اصوات تیز و خش‌داری ازگلویش خارج نمی‌شد.حرف که نمی‌توانست بزند هیچ، اشارات مذبوحانه‌اش به خانه‌ی ویران گودرزی هم راه به جایی نمی‌برد. افسر توی سر خودش زد.

«دیدی شوهرم لال و خل شد!»

صدای آژیر آمبولانس راکه شنید، معطل نکرد و بی‌توجه به تقلاهای شوهرش، او را به زور از جا بلند کرد و بعد خودش یکپارچه شور و تقلا شد، انگار نه انگارکه صد جور درد مزمن دارد؛ شوهرش را به کول کشید و پایین آورد مثل یک شیرزن. مردم که جمع شدند، افسر اولین کسی بودکه شوهرش را در اولین آمبولانس جا داد و نفس نفس زنان به راننده گفت: «پیرشی جوون، مارو برسون بیمارستان!»

توی آمبولانس، اما حاج‌غلام همچنان دست و پا می‌زد و تلاش بیهوده می‌کرد چیزی را بگوید و افسر او را محکم چسبیده بود و قربان صدقه‌اش می‌رفت و خواهش التماس می‌کردکه آرام باشد، اما حاج‌غلام پای می‌کوفت و تقلا می‌زد و در درون نعره می‌کشید. حس می‌کرد اگر نگوید، اگر با اشاره و پاکوفتن وگریه زاری و هرکار دیگر به

دیگران نفهمانده که در آن خانه‌ی روبرو، او دیده کسی در کف اتاق فرو رفته است، زبانش برای ابد بند می‌ماند. اگر نمی‌گفت، اگر حرف نمی‌زد، گلویش هم می‌آمد، خناق می‌گرفت، خفه می‌شد و می‌ترکید. باید می‌گفت. اگر نمی‌گفت، می‌مرد، می‌پوسید، پودر می‌شد و از هم می‌پاشید. دلش می‌خواست به جای همه‌ی حرفهایی که در تمام عمرش زده بود و نزده بود، حالا فقط می‌توانست بگوید «من دیدم گودرزی در کف اتاق فرو رفت و حتم اون زیر مونده و زنده به گور شده!»

این را بگوید نه به خاطر آن که آبروی او را ببرد، نه به خاطر آن که حرفش را به غفوربابا ثابت کند. او حالا برایش مهم نبود که گودرزی آن زیر چه چیز انبار کرده است و حتی دیگر برایش اهمیتی نداشت که حاج غلام نامی را در گمرک خرمشهر چطور به ناحق خوار و خفیف کردند. مهم برایش این بود که دیگران بدانند انسانی در زیر آوار زنده به گور شده است و شاید اگر زودتر به کمکش بشتابند، نجات پیدا کند. حس می‌کرد اگر او نجات پیدا کند، انگار خودش از حصار ذهن تیره‌اندیش نجات پیدا کرده است.

در بیمارستان افسر و پرستارها محکم دست و پایش را گرفتند تا به او مرفین تزریق شود.

وقتی به هوش آمد، هوا روشن بود و او سایه‌هایی را در اطرافش، در میان هاله‌ی سفید، در رفت و آمد حس کرد. تصاویر که واضح شدند، انگار از خواب پریده باشد، یاد گودرزی دوباره به ذهنش هجوم آورد. صدای افسر را هم می‌شنید که با دکتر صحبت می‌کرد.

- یعنی شما می‌گین خوب می‌شه آقای دکتر؟ زبونش وا می‌شه؟

- در حال حاضر ظاهراً موج انفجار رو اعصابش اثر گذاشته و حرکاتش غیر ارادیه. تنها توصیه اینه که محیط آرومی براش فراهم بشه. بهتره ببرید جایی که از برد موشک دور باشه، البته بعداً، فعلاً که چن روز اینجا باید بستری باشه. شما به بچه‌هاش خبر بدید.

- بچه نداریم آقای دکتر، تنها تونستم به خواهرم زنگ بزنم؛ باید بهش خبر می‌دادم چه خاکی به سرش شده. مغازه‌ی شوهر بیچاره‌ش خاک شده و ریخته زمین!

- متأسفم... به هر حال همسر شما مدتی طول می‌کشه تا بهبود پیداکنه. فعلاً‌که خوابه و آرامش داره.

ولی حاج‌غلام نه خواب بود و نه آرامش داشت. خودش را به خواب زده بود، اما در درونش غوغا به پا بود. خودش را به خواب زده بود، اما تصمیمش را هم گرفته بود؛ حالا‌که نمی‌توانست حرف بزند، حالا‌که کسی زبانش را نمی‌فهمید، باید فرار می‌کرد، باید می‌رفت و حتی اگر به تنهایی، با چنگ و ناخن هم اگر شده، زمین را می‌کند و گودرزی را نجات می‌داد.

از شکاف باریک بین دو پلک، دید‌که زنش همراه با دکتر به راهرو رفتند. آرام بلند شد و در جایش نشست. به خودش نگاه کرد. لباس بیمارستان به تن داشت.

«مهم نیس، همینطور می‌رم. پا برهنه می‌رم، بهتر می‌شه دوید.»

تنش کوفته بود، اما اراده‌اش به رفتن حکم می‌کرد. آهسته از اتاق بیرون آمد و به پله‌ها‌که رسید، دوید. صدای بگیر بگیر را از پشت سر می‌شنید و می‌دوید. باکف دست، محکم به تخت سینه‌ی نگهبان بیمارستان‌که می‌خواست مانعش شود کوبید و از او گذشت و به خیابان گریخت. رؤیای شگفت انگیز نجات جان انسانی در خطر، توانش را هزار برابر کرده بود.

نایب

«ای کاش لال شده بودم و گزک به دست این پتیاره نمی‌دادم!»

● ● ●

نوابی، نایب شهرداری بود و وظیفه‌ی اصلیش این که جلو خلافی ساخت و ساز را
بگیرد و رفع سد معبر کند، اما هر کار دیگری هم که به او محول می‌شد، نه نمی‌گفت؛
کارهایی که همکارانش معمولاً از زیر بار آن شانه خالی می‌کردند و انجام آن را کسر
شأن خود می‌دانستند. نایب نوابی خوب می‌دانست که همکارانش پشت سرش چه
حرف‌ها در نیاورده و چه لقب‌هایی که به او نداده‌اند، اما اهمیت نمی‌داد.

«بذا بگن واسه اضافه کارشه، بذا بگن دسمال به دسته، بذا بگن یه جای کارش
باد می‌ده، بذا هر چی می‌خوان بگن؛ اوناکه نمی‌دونن نوابی چه دردشه!»

در حقیقت آنچه همکارانش نمی‌دانستند، این بود که نوابی به هر کاری تن

می داد که یک دو ساعتی دیرتر به خانه برگردد؛ به جهنمی که وجودش را ذره ذره ذوب می کرد.

از قدیم تقصیر با خودش بود، بس که قوزبود. هر دختری سر راهش قرار گرفت و یا برایش انتخاب کردند، برای هر کدام عیبی تراشید و روی هر یک اسمی گذاشت.

«درازه، لاغره، سیاهه، چشاش ورقلنبیده س، دماغش گنده س، پاهاش کوتاهه، چونه ش زده جلو،...» و یک وقت چشم بازکرد، سی و هفت سالش شده بود. توی آینه خودش را که دید، موهایش ریخته و وسط سرش طاس شده بود. دستپاچه سراغ هر دختری رفت، دست رد به سینه اش گذاشتند و به قول باجی گل «دست روزگاره؛ داره انتقام خودشو می گیره!» و عاقبت در چاهی افتاد که همین باجی گل برایش کند.

باجی گل، پیر دختر صدساله، آخرین نفر از نسلی بود که زنده ماند تا زندگی او را سیاه کند، آنهم درست یک ماه قبل از این که سرش را زمین بگذارد و فرشته ی مرگ بیاید سراغش این بلا را در دامن او گذاشت.

نایب، باجی گل را از وقتی که خودش را شناخته بود، می شناخت. در خانه ی مادربزرگش و بعدها در خانه ی خودشان کار می کرد. می گفتند که دم دست مادر مادربزرگش هم بوده. شنیده بود پدرِ مادربزرگش او را تو راه قزوین پیدا کرده؛ داخل سبدی به شاخه ی درخت آویزانش کرده بودند تا گرگ او را نخورد. نمی شد گفت کلفت است، چون وقتی کوچک بود، یک بار با چشم خودش دید که باجی گل گیس مادرش را چنان محکم کشید که اشک چشم او در آمد. غریبه اگر می دید، فکر می کرد همه کاره ی خانه است. پدرش به شوخی می گفت که باجی گل تعداد میخ هایی را که فامیل به دیوارکوبیده اند، می داند.

پدر و مادر نایب فوت کردند. برادرها و خواهرها زن گرفتند و شوهر کردند و رفتند پی بخت خودشان و خانه ی پدری را سپردند به دست نایب، مشروط به این که زحمت نگهداری باجی گل هم به عهده ی او باشد. باجی گل حالا پیر و شکسته و از نا و

نفس افتاده بود. موهایش را دیگر حنا نمی‌گرفت و سپید مثل برف از زیر چارقد بیرون زده بود. قامتش تا شده بود و چشم‌های کم‌سویش از پس شیشه‌ی ضخیم عینک گردش، به زحمت جلوی پایش را می‌دید. شاید اگر مطمئن بود که نایب نوابی بالاخره زن می‌گیرد، چند سال دیگر هم زنده می‌ماند و شاید به همین دلیل و به خاطر این‌که از نایب انتقام گرفته باشد، او را به دام این پتیاره انداخت. او درست یک ماه قبل از این‌که بمیرد به نایب گفته بود «بَبَم، دیگه داره زوارت در می‌ره، پشم و پیله‌تم که ریخته، بیا و بگیرش. درسته عصمت بیوه‌س و دو سه تا قد و نیمقد داره، ولی حسابی جم و جورت می‌کنه. بچه‌هارَم اون نره‌خر لندهور باباشون می‌آد می‌بره بالاخره.»

همان روزهای اول ازدواج با عصمت، نایب فهمید که پدر لندهور بچه‌ها که معلوم نبود کدام جهنمی خودش راگم وگورکرده بود تا عصمت غیابی از او طلاق بگیرد، گنج دنیا را هم بهش می‌دادند، حاضر نبود خودش را آفتابی کند، که بعدها نایب به او حق می‌داد و حتی توی دلش نسبت به درایت او حسودیش می‌شد.

«ای کاش به اندازه‌ی اون مردک لندهور بی‌غیرت، غیرت داشتم و می‌ذاشتم فرار می‌کردم!»

بچه‌های زنش جلو چشمهای او هر روز درشت‌تر و هر روز بی‌ادب‌تر می‌شدند. زنش همه‌کاره و قدرقدرت بود. آبشان هم که توی یک جو نمی‌رفت؛ نایب نوابی حرص و جوش‌خور و نکته‌بین و بی‌کس و منزوی و کِنِس، عصمت خانم بی‌خیال و خوش‌گذران و فامیل‌دوست و بیا و بروکن و خراج. ده سال از نوابی بزرگتر بود، ولی ده سال کوچک‌تر نشان می‌داد.

وقتی از همکارانش می‌شنید که چطور گاهی اوقات جلو زنهاشان می‌ایستند و حتی با کمربند سیاه و کبودشان می‌کنند، نزدیک بود از حسادت دق کند. او قبلاً توی رؤیاهایش خود را مرد مقتدری تصور کرده بود که زمین چاردیواری زیر پایش می‌لرزد و هیبتش رنگ از روی اهل و عیال می‌پراند، ولی حالا بر عکس گربه‌ی دست آموز عصمت خانم بود. به خانه که می‌آمد، طبق عادت عصمت می‌آمد

روبرویش دو زانو می‌نشست و در حالیکه مشغول تجسس جیب‌های کتش بود، می‌پرسید «خب؟»

و او مثل شاگرد مؤدب درسخوانی که درسش را همیشه از بر است، از سیر تا پیاز اتفاقات آن روز را تعریف می‌کرد. جرأت نداشت یک واو را پس و پیش بگوید. می‌ترسید مطلبی را نگوید و بعد یک طوری به‌گوش عصمت برسد و واویلا شود.

شاید اگر او کمی جرأت به خرج می‌داد و یک بار، فقط یک بار، همانطورکه عصمت می‌نشست، دو زانو می‌نشست روبرویش و همانطورکه او زل می‌زد، زل می‌زد تو چشم‌هایش و می‌پرسید «خب؟» و او را مجبور می‌کرد که بگوید آن روز را از صبح تا به حال چه‌کرده و چه‌گفته وکجا بوده وکجا رفته وکی آمده وکی رفته... و عصمت هم مجبور می‌شد که همه را از سیر تا پیاز تعریف کند، آنوقت زندگی شیرین و پرتفاهمی پیدا می‌کردند؛ حتی با وجود سه تا بچه‌های آن مردک لندهور. شاید هم اگر یک بار، فقط یک بار، جرأت می‌کرد و بی‌دلیل هم که بود بر سرش داد می‌زد و یا فحشش می‌داد، آنوقت اینطور زار و ذلیل و خوار نمی‌شد و برعکس امروز، این کس وکار و همکار بودند که به او حسودیشان می‌شد. دیگر عصمت جرأت نمی‌کرد به او بگوید «برو خدارو شکرکن اکبیری، من بهت راضی شدم اگه نه‌کدوم دیوونه به تو بله می‌گفت؟»

«آخ اگه این کارو می‌کردم، یا آخ اگه یه بچه ازش داشتم و اینقد بی‌کس و تنها نبودم! آخ ننه اگه می‌ذاشتی، اگه می‌ذاشتی بریم توکوچه و با بچه‌ها دعوامون می‌شد و دو تا می‌زدیم و دو تا می‌خوردیم، پک و پوزمون خونی می‌شد و خون می‌دیدیم!... آخ ننه چی بگم بهت؟ خدا بیامرزدت!»

مادرشان مثل بره بارشان آورده بود، مثل خودش که حتی اجازه می‌داد باجی‌گل گیسش را بکشد و اشکش را در بیاورد و مثل ابر بهار گریه کند و صدایش را کسی نشنود. همیشه توی گوش بچه‌هایش می‌خواند «نذارین کسی بفهمه تو دلتون چی می‌گذره. دندون رو جیگر بذارین و غم و غصه‌تونو قورت بدین. آدم آب

شه بره زمین، بهتر از اینه که آبروش پیش در و همسایه بره.»

و تا امروز در و همسایه و کس و کار و همکار، کسی نفهمید که تو دل نایب نوابی چه می‌گذرد.

«اگه می‌دونستن، حتم دلشون به حالم می‌سوخت و پشت سرم لیچار نمی‌گفتن... کاش مرگ موش می‌ریختم تو غذای عصمت و بچه‌هاش و راحت می‌شدم از دستشون!... کاش چارتایی، چارتا بالش می‌ذاشتن رو دهنم و خفه‌م می‌کردن و راحت می‌شدم از دستشون!... کاش خودمو تو اداره اینقد سبک نمی‌کردم که هر کار سبکی رو بار من کنن! می‌خوام صد سال سیا همه‌ی مملکتو موش ورداره، چرا من باید مچل این موجود نجس بشم؟...»

•••

«کاش می‌مردم و گزک به دست این پتیاره نمی‌دادم! کاش خفه می‌شدم و قضیه‌ی این موشه رو واسه عصمت تعریف نمی‌کردم! اگه تعریف نمی‌کردم چه می‌شد مثلاً؟ بدتر از حالا می‌شد؟ ولی چطو نمی‌گفتم؟ اگه می‌فهمید، اگه از یکی از همکارا می‌شنید که به شکار موش رفته‌م و دس از پا درازتر برگشته‌م، ول کنم می‌شد؟ صدتا می‌ذاشت روش و میناداخت تو دهن توله‌هاش. دوره‌م می‌کردن و می‌خندیدن، مث حالا. مجبورم می‌کردن دوباره براشون تعریف کنم، مث حالا. چه فرقی می‌کرد؟ شاید بدترم می‌شد... وای اگه به‌گوش در و همسایه‌م برسونن! آخ ننه، چی بگم بهت؟ خدا بیامرزدت!»

توی دلش به همه بدگفت؛ به خودش، باجی‌گل، مادرش، همکارانش، رییسش، به پرویزگودرزی که نامه داده بود و از موش شکایت کرده بود و بیشتر از همه به خود موش.

«اگه گیرت بندازم! اگه به چنگم بیفتی! آخرش می‌گیرمت؛ نصف شب می‌آم سراغت و چارچنگولی می‌گیرمت! مث گربه، مث جغد. می‌گیرمت و زنده زنده می‌آرم و میندازمت تو یقه‌ی عصمت. بذا جیغ بزنه، بذا دور حیاط بدوه و در و همسایه

بفهمن، بذا از ترس سکته کنه. بذا بمیره. انشاءالله موشک می‌زنه وسط این اتاق! آخ چقد کیف می‌کنم وقتی آژیر می‌کشن و تو می‌ترسی! آخ که قند تو دلم آب می‌شه وقتی می‌ترسی و دس توله‌هاتو می‌گیری و می‌دوی تو کوچه!»

تصمیم خودش را گرفته بود و باید موش را که گودرزی به خاطرش شکایت کرده بود و او به خاطرش مسخره شده بود، زنده زنده می‌گرفت.

سه روز گذشت و نایب نوابی گوش به زنگ بود و خدا خدا می‌کرد که رییس صدایش بزند و سینه صاف کند و دوباره بگوید «آقای نوابی این کار فقط از شما ساخته‌س. این آقای گودرزی ول‌کن نیس؛ نامه پشت نامه. نوابی جان قال قضیه رو بکن.»

حتی آرزو کرد رییس او را بخواهد و بر سرش داد بزند «مرد حسابی عرضه نداشتی از پس چارتا موش لاجون برآی؟ پس تو رو واسه چی استخدام کرده‌ن؟ آبروی سازمانو ببری؟ گردنتو بشکن برو موشا رو شکار کن!»

ولی نه رییس او را خواست، نه نامه‌ای آمد و نه خبری شد. چند بار به سرش زد برود زنگ خانه‌ی گودرزی را بزند و او را تحریک کند که باز هم راجع به وجود موش در جوی پیاده‌رو جلوی منزل به شهرداری منطقه شکایت کند، ولی هر بار از این فکر خود حالش به هم خورد.

آنشب تا صبح چهار بار آژیر به صدا درآمد، چهار بار تهران لرزید و چهار بار عصمت با بچه‌ها دویدند و رفتند توی کوچه و از ترس لرزیدند، اما نایب نوابی از جایش تکان نخورد و فقط فکر کرد و آخر تصمیم خودش را گرفت؛ او قصد داشت رأساً اقدام کند و موش را به دام بیندازد بی‌آن که منتظر نامه‌ای بماند، بی‌آن که دستوری به او بدهند و بی‌آن که کسی بو ببرد. فقط باید به بهانه‌ای از اداره بیرون می‌آمد.

«تقاضای مرخصی می‌کنم و حتم رییس جواب مثبت می‌ده. چرا نده؟ تو این چن سال مگه چن روز مرخصی رفته‌م؟»

صبح، اما جواب شهردار غیر منتظره بود.

«جناب نوابی وقت گیر آوردی؟ امروزکه مردم به وجود امثال شما احتیاج
مبرم دارن، وقت گیر آوردی مؤمن؟... خیر! تشریف ببرین به اتفاق بقیه می‌رید
محله‌ی موشک زده. تأمل جایز نیس!»

همان وقت حرفی برای گفتن نداشت، اما وقتی از اتاق شهردار بیرون آمد به
سرش زد بی‌اجازه برود.

«به جهنم، بذا پرونده‌م خراب شه!»

سرش را توی شانه فرو کرد و دزدکی از کنار دیوار حیاط به طرف در خروجی
می‌رفت، که از بخت بد شهردار از پنجره‌ی اتاقش او را دید و صدایش زد «صبرکن
نوابی، به اتفاق می‌ریم اونجا.»

کاردش می‌زدی خونش در نمی‌آمد و چاره‌ای هم نداشت و راه گریز بر رویش بسته
بود.

در راه، تا برسند به محل فاجعه، دیگران از موشک، بمباران و جنگ صحبت
می‌کردند و اما نایب نوابی با افکار مغشوشش درکلنجار بود.

«اگه بتونم به یه بهونه‌ای فلنگو ببندم، فوری می‌رم سراغش! شهر خلوته،
کسی مزاحم نمی‌شه. اونقد کشیک می‌دم تا بیاد بیرون، شیکارش کنم و تلافی
دنیارو سرش در آرم!»

وقتی رسیدند، یهو چرت افکار نوابی پاره شد. انگار دنیا را توی سرش زدند و
از آن چه مقابل چشمش می‌دید وا رفت.

«لعنتی، درست خورده تو لونه‌ی موش!»

آمبولانس‌ها در رفت و آمد بودند و گروه امداد مشغول به کار. نایب نوابی بی‌اراده
به سمت جوی آب پیاده رو کشیده شد. آب جوی از لجن مانده سیاهی می‌زد و
بوی تعفن آن همه جا راگرفته بود. نوابی چندشش شد اما هنوز پا پس نکشیده بود
که در میان لجن و سیاهی و تعفن، موجودی جنبید و خود را نمایان ساخت و او را در
جا میخکوب کرد. زخم کهنه‌اش سر باز کرد و کینه در وجودش شعله کشید. معطل

نکرد و دوید و بیلی را از دست اولین نفر بیرون کشید و برگشت سر جوی آب. بیل را بر سر دست بلند کرد و با تمام نفرت زیر لب غرید «منتظرم بودی لعنتی؟»

موش، بی‌تحرک و لش، شکم بر لجن نهاده و سرش را بالا گرفته بود، طوری که نایب احساس کرد به او زل زده است. دندانهایش را به هم سایید.

«تکون بخور اکبیری! بجنب. در رو دِ یالله، چرا موندی و همینطو منو نیگا می‌کنی نفله؟»

چند نفر کار امداد را رها کرده و به تماشای او جمع شده بودند. موش به زحمت خودش را از لای لجن بیرون کشید و روی شکم کمی به جلو خزید. سفیدی شیئی که به دمش بسته شده بود توجه نایب را جلب کرد و بی‌اختیار بیل را پایین آورد. موش دوباره جنبید و شیء سفید در لجن فرو رفت. نایب آرام بیل را جلو برد و بعد با یک حرکت لبه‌ی آن را بر روی دم موش گذاشت. موش جستی زد و بندی که به دمش بسته شده بود، کنده شد و انگار از بند رسته باشد به زودی در زیر پل ناپدید شد. نایب لجن را با بیل بیرون ریخت و لوله کاغذ سفید پیچیده شده در نایلون را با لبه‌ی بیل از درون آن بیرون کشید و نرم نرم با کف کفش خشک کرد و بعد کاغذ را از درون نایلون بیرون کشید و لول آن را باز کرد و از خواندن نوشته‌ی سرخ رنگ روی آن ماتش زد. اول باورش نشد، بعد رنگ چهره‌اش دگرگون شد و بعد از آن، آنهایی را که جمع شده بودند و با تعجب نگاهش می‌کردند، کنار زد و به طرف شهردار دوید. شهردار گرم گفتگو با سرپرست گروه امداد بود. نایب نوابی سرپرست گروه امداد را هم کنار زد و با بیانی الکن و هیجان زده گفت: «آقای شهردار... گودرزی... پرویز گودرزی، اون زیر، گیر افتاده!»

شهردار سعی کرد نوابی را که می‌لرزید و رنگش مثل گچ سفید شده بود آرام کند.

«بسیار خب، بسیار خب! آروم بگو چی شده؟»

نایب کاغذ را به شهردار داد. او گرفت و خواند و از نوابی پرسید: «اینو از کجا پیدا کردی؟»

ـ به دم موش بسته شده بود.

ـ به دم موش؟

سرپرست گروه امداد گفت: «اگه حقیقت داشته باشه، معجزه‌س. فقط خدا کنه هنوز زنده باشه!»

شهردار دست نایب را گرفت و فشرد و گفت:

«این تو تاریخ می‌مونه و افتخارش به نام تو ثبت می‌شه نوابی!»

گلوی نوابی هم آمده بود و از غرور داشت خفه می‌شد. رخساره‌اش گل انداخته بود و چشمان مرطوبش می‌درخشید. وقتی همه رفتند تا عملیات نجات را شروع کنند، نایب اما از جایش نجنبید؛ او اکنون پیش چشمش، روز روشن‌تر از همیشه، آسمان آبی‌تر و برگ ریز درختان سبزتر از پیش جلوه می‌کرد.

«اگه عصمت بفهمه، اگه بدونه شوهرش چه شاهکاری کرده، بی‌برو برگرد می‌پره ماچم می‌کنه. به دست و پام می‌افته و اشک می‌ریزه و بابت همه چیز معذرت می‌خواد. سه تا بچه‌هاشو فدام می‌کنه... در عوض منم... می‌بوسمش، اون و بچه‌هاشو... بچه‌هامو. اقرار می‌کنم که تو دلم چقد باهاشون نامهربون بودم. چقد همه چی رو سیاه می‌دیدم... آره، ازش معذرت می‌خوام و دوباره از نو همه چی رو مث دو تا مرغ عشق شروع می‌کنیم و برا هم جون می‌دیم. آخ عصمت جون!»

تب زرد

ملیحه دلش می‌خواست پدرشوهرش برای یک دقیقه هم بوده یا درست و حسابی می‌خوابید یا برای کاری بلند می‌شد و بیرون می‌رفت، آن وقت او می‌دانست و محسن، چنان محکم به پهلویش می‌کوفت که نیم متر بالا بپرد.

•••

آقاجان، پدرشوهر ملیحه، علاقه‌ی عجیبی داشت که با دست خودش برای همه چای بریزد. از وقتی زنش مرحوم شده بود، بساط چای در انحصار او بود. چای می‌ریخت و معمولاً می‌گفت «مزه‌ی چای عزیز خدا بیامرزتونو که نمی‌ده، ولی ای‌ی‌ی!»

و حالا روز، روزش بود و کیف می‌کرد. همه دورش بودند؛ بچه‌ها، عروسها و دامادها و نوه‌ها. همه از ترس موشکباران به دماوند آمده بودند و منزل آقاجان

جای سوزن انداختن نداشت. آقاجان صبح زود پا می‌شد، سماور را پر آب می‌کرد، نفت می‌ریخت و فتیله‌اش را روشن می‌کرد و حواسش جمع بود که تا آب به جوش آمد، فوراً چای را دم کند. بعد از آن همانجا کنار سماور، پشتش را به دیوار تکیه می‌داد و چرت می‌زد و منتظر می‌ماند تا همه یکی یکی از خواب برخیزند و بیایند صبحانه‌شان را بخورند. او در فاصله‌ی هر مشتری صبحانه، همچنان به چرتش نیز ادامه می‌داد. معلوم نبود خواب است یا بیدار؛ پلکهایش نبسته از هم باز می‌شد و دوباره سنگین می‌شد و یواش یواش هم می‌آمد و بعد انگار یهو به مانع تیزی برخورده باشد از هم جدا می‌شدند.

ملیحه فکر کرد «اگه خدا بیامرز مادر شوهرم زنده بود، محال بود اجازه بده محسن تن به این کار بده.»

ولی آقاجان، آدم دلرحم و تا دلتان بخواهد مهربانی بود، مخصوصاً عروس کوچکش، ملیحه، را خیلی دوست داشت و به خاطرش به محسن تندی کرد «زنته، همسرته، ببین چی می‌خواد. هیچوقت دیده بودی من سر ننه‌ت داد بکشم؟»

ولی محسن همچنان معتقد بود «حرفات پشیزی نمی‌ارزه ملیحه!»

ملیحه هم بدتر از او مرغش یک پا داشت «یه روزی آخرش می‌فهمی من چی می‌گم محسن!»

در کلاس گلدوزی هم، هر روزه، بحث این موضوع داغ بود.

محسن گفته بود «اگه می‌دونستم این کلاس، تو رو اینجور دیوونه‌ت می‌کنه، اینجور زیر و روت می‌کنه، سگ می‌شدم نمی‌ذاشتم بری؛ فوقش یه هفته قهر می‌کردی و غر می‌زدی!»

ولی مگه دست محسن بود؛ بنشیند توی خانه که چه بشود؟ بیکار و عاطل و باطل؟ اما کلاس هم فال بود و هم تماشا. هم درس گلدوزی و گلسازی بود و هم بازار بورس طلا!

دور تا دور میزِ گردِ چوب گردو می‌نشستند و چشمشان به دست گلاب خانم

بود که سوزن می‌زد و نخهای رنگی را از پارچه رد می‌کرد و گوششان به دهن او.

درواقع این میزگرد را گلاب خانم که هم صاحب گلسازی بود و هم مدیر و هم مربی آن، از هر نظر اداره می‌کرد. مچ هر دو دستش تا نزدیک آرنج را النگوهای پهن پوشانده بود و گردن چروکیده‌اش را گردن بند طلای سنگینی که آدم فکر می‌کرد دیگر چیزی نمانده گردنش را بشکند، زینت داده بود.

معمولاً بحث را همیشه گلاب خانم شروع می‌کرد و بقیه هم هرکدام به فراخور حالشان در آن دخالت می‌کردند.

«به سلامتی همه‌تون سکه شد دوازده هزار و نهصد تومن!»

آمنه خانم که صبح به صبح از منزل تا به کلاس برسد، آمار صعود قیمتها را جمع می‌کرد گفت: «صد و پنجا تومن تو یه روز، واسه یه سکه؛ به این می‌گن کاسبی!»

گلاب خانم با سر حرف او را تأیید کرد و بعد گفت: «پس چی! ما یه عمر سوزن صدتا یه قاز زدیم، چی شد؟»

حمیده که دایم از ترشی معده شکوه می‌کرد، یک تکه نبات زیر زبانش گذاشت و گفت: «شما دیگه چرا گلاب خانم؟ شما که ماشاءالله...»

گلاب خانم پرید تو حرفش و گفت: «شیره‌م دراومده خانوم، شما کجا بودین؟»

حمیده ابرو بالا انداخت و حرفی نزد. مهتاب، دختر ریزه‌ای که مدرسه را ول کرده بود و چسبیده بود به این کار، گفت: «مامان پولاشو از بانک کشیده بیرون و می‌خواد سکه بخره. ضرر نمی‌کنه؟»

هاجر زن افسرده‌ی سیاهپوشی که از پنج سال پیش شوهرش اسیر عراقی‌ها شده بود، لب خشکیده‌اش را از هم گشود و گفت: «آخرِ همه‌ش قبره!»

مهتاب با ترس و تعجب گفت: «وا!»

همه از واکنش مهتاب خنده‌شان گرفت، حتی هاجر.

فرشته که چند روز بیشتر نبود که به کلاس می‌آمد، همینطور که چهارچشمی مراقب بود که سرنخ کارش گم نشود، برای این که از قافله عقب نمانده باشد گفت:

«یه پس انداز واقعی که برکت هم توش باشه، همین طلا و سکه‌س.»

و چون سوزن توی رانش فرو رفت و جیغش در آمد، همه خندیدند.

گلاب‌خانم گفت: «آفاق آرایشگرو که می‌شناسین، پارسال این وقتا خونه‌شو فروخت، همه روکرد طلا. امسال با پول طلاها یه خونه‌ی بزرگتر خرید وکلی هم براش موند.»

آمنه خانم گفت: «نمی‌شه حساب کرد گلاب‌خانم جون؛ خونه‌م خودش کم بالا نمی‌ره.»

گلاب‌خانم دستی به گردنبندش کشید و با لحنی اغواگر گفت: «ولی طلا یه چیز دیگه‌س!»

و ملیحه هم که می‌خواست حرفی زده باشد، قبل از آن دستش را زیر میز کرد تا النگوی نازک و سبک وکم قیمتش توی ذوق نزند و بعد گفت: «تازه می‌گن ارج و قرب هر زن به طلاییه که بهش آویزونه.»

تقریباً همه حرفی زده بودند، به جز نسترن که فقط لحظه‌ای از زیر عینک به ملیحه نگاه کرد و همین.

ملیحه، هر روز به کلاس گلاب‌خانم می‌آمد و می‌رفت و اگر چیزی یاد می‌گرفت و یا نمی‌گرفت، اما اشتیاقش به شنیدن درباره‌ی این فلز زرد و براق، هر روز فزونی می‌گرفت.

شبِ یکی از همین روزها، خواهرش مریم با شوهر و دختر کوچولویشان، شب‌نشینی به خانه‌ی آنها آمده بودند. وقتی ملیحه حرف طلا را پیش کشید، خواهرش به شوخی گفت: «ملی جون، فکر می‌کنم هر چیز زردی که برق بزنه، چشاتو گرد می‌کنه، نه؟»

محسن فرصت را غنیمت شمرد تا دق دلش را خالی کند و گفت: «دیگه از هر چه رنگ زرده حالم به هم می‌خوره؛ می‌خوام ماشینو بفروشم.»

ملیحه برای آن که جواب متلک شوهرش را داده باشد باکنایه به شکم بزرگ او گفت: «آخ که منم از شکمی که هی داره رشد می‌کنه، تنم کهیر می‌زنه.»

شوهر خواهر ملیحه، که درگیر افکار خودش بود، گفت: «به جز حقوق کارمند چی تو این مملکت رشد نکرده؟»

همه از حرف پرویز خنده‌شان گرفت، در صورتی که او قصد گفتن لطیفه‌ای را نداشت و بیشتر درگیر اوضاع معیشتی خودش بود و خریدن ژیانی که قرار بود به اتفاق محسن بروند و معامله‌اش کنند.

هر چقدر که ملیحه، رفتار شوهر خواهرش را جا و بی‌جا به رخ محسن می‌کشید، او چند برابر رفتار مریم را به رخ ملیحه می‌کشید.

«یه کم از خواهرت یاد بگیر، ببین چه عزت نفسی داره، نه مث تو که شدی گدا عقده‌ای!»

«اون شغل داره، به یه حقوقی دلخوشه، من چی؟ تازه این جورم نیگاش نکن؛ توداره و بروز نمی‌ده. تازه اگه طلاهای او نبود، پرویز می‌تونس این ماشینو بخره؟ بعدشم پرویز بی‌اجازه‌ی مریم آب نمی‌خوره. خیال کردی مث توه؟»

گرچه ملیحه همیشه آرامش و خونسردی و متانت شوهر خواهرش را به رخ محسن می‌کشید، اما این اواخر احساس می‌کرد که رفتار پرویز تغییر کرده و به طرز مشکوکی مرموز شده بود. مریم هم به راستی تودار بود و چیزی بروز نمی‌داد و لاغر هم شده بود. خودش می‌گفت «فشار کاره.» اما ملیحه حدس می‌زد که قضیه از جای دیگری آب می‌خورد. احساس می‌کرد که خواهرش از مسئله‌ای واهمه دارد و اگر ششدانگ حواسش پیش طلا نبود، حتماً بیشتر کنجکاوی می‌کرد.

یک روز که از آموزشگاه بیرون آمد، کسی او را از پشت سر صدا زد، برگشت، نسترن بود. تعجب کرد، چون نسترن معمولاً با کسی نمی‌جوشید، خیلی کم حرف می‌زد و در بحث‌هایشان کمتر شرکت می‌کرد.

نسترن گفت: «اجازه بدی همراهیتون می‌کنم. مزاحم که نیستم؟»

ـ خواهش می‌کنم!

دو تایی راه افتادند. این همگامی غیرمنتظره، ملیحه را در موقعیت بلاتکلیفی

قرار داده بود که نسترن با او چه کاری دارد؟ نسترن عینک طبی‌اش را برداشت و درکیف دستی‌اش گذاشت. به نظر ملیحه آمد که او چشمهای درشت و زیبایی دارد که زیر عدسی عینک جلوه‌ی خود را از دست می‌داد و حالا اثر عینک که بر استخوان انتهای بینی‌اش چال انداخته بود، به زیباییش می‌افزود.

نسترن بی‌مقدمه پرسید: «هنوز معتقدی که ارج و قرب زن به طلاییه که به خودش آویزون می‌کنه؟»

ملیحه نمی‌دانست که منظور نسترن از این یادآوری چیست و برای این که غافلگیر نشود جواب داد: «من نمی‌گم، دیگرون می‌گن و درست و غلطش...»

نسترن اجازه نداد او جمله‌اش را کامل کند و گفت: «اتفاقاً درست می‌گن، اما نه واسه‌ی هر زنی. گلاب خانم و اونای دیگه، همه‌شون، ارزش اونو ندارن که حتی پِهِن بارشون کنن.»

ملیحه ازکلام گستاخ و بی‌پرده‌ی نسترن جا خورد و بیشتر از آن وقتی که او کارت کوچک سبزرنگی را از توی کیفش درآورد و به طرفش درازکرد و گفت: «بابام داره جواهری می‌زنه، اگه خواستی طلا معامله کنی، می‌تونی بری پیش اون. اینم آدرسش.»

ملیحه تشکرکرد وگرفت. آن چنان غافلگیر شده بود که حتی به فکرش نرسید که چرا نسترن از بین همه، او را انتخاب کرده است.

وقتی که از هم جدا شدند، ملیحه نوشته‌ی روی کارت را خواند.

«جواهری غفور. بورس زیباترین حلقه‌های نامزدی»

آدرس محل جواهری راکه خواند، جا خورد.

«پس حاج غفور، بابای نسترنه!»

عطاری حاج غفور نزدیک منزل خواهرش بود و اتفاقاً چند روز پیش که با محسن رفته بودند حال خواهرزاده‌اش راکه آبله مرغان گرفته بود، بپرسند؛ محسن از پرویز پرسیده بود «این یارو مغازه شو ریخته به هم، چیکارش می‌خواد بکنه؟» پرویز در جوابش گفته بود «خبر ندارم. بخوای بدونی، ازین همسایه‌ی روبرویی حاج غلام

باید بپرسی که پرونده‌ی نه‌بدتر این محله رو خبرداره!»

محسن به خاطر جواب پرویز از خنده ریسه رفته و مریم از فرط خجالت لبش راگزیده بود.

«پس حاج غفور جواهری زده!»

شب، ملیحه قضیه‌ی پیشنهاد نسترن را برای محسن تعریف کرد. محسن گفت: «بَبوگیر آورده.»

- مگه بقیه مفت می‌فروشن؟

- حالاکی خواسته بخره؟

- من!

- باکدوم پول؟

- فکرشو کرده‌م.

- نکنه واسه این ماشین قراضه نقشه کشیدی؟

- نه!

نقشه‌ی ملیحه چیز دیگری بود و از همان شب پیله کرد و نق زد و محسن را کلافه کرد که سهم باغ دماوند راکه پدر او به شکل صوری بین بچه‌هایش تقسیم کرده بود، بفروشد تا تبدیل به طلا کنند.

محسن چه نقشه‌ها برای این قطعه‌ی باغ نکشیده بود و با وجودی که از بچگی در همان باغ بزرگ شده بود، هرکتابی که در آن راجع به باغ و باغداری مطلب داشت، توجهش را جلب می‌کرد و هر شب در رؤیایش یک محصول در باغش می‌کاشت و تا صبح آن را برداشت می‌کرد.

بعضی شبها، قبل از خواب و توی رختخواب، برای ملیحه از نقشه‌ها و آرزوهایش می‌گفت.

«ببین ملی جون، همین که تا به حال دو تا بچه سقط کردی، علتش آب و هوای آلوده‌ی این شهره. وقتی رفتیم دماوند، سالی یه بچه‌م بزای خم به ابروت نمی‌آد.»

این استدلال محسن هم تأثیری در اراده‌ی ملیحه نداشت و موشک‌باران هم که شروع شد، او همچنان بر خواسته‌اش پافشاری کرد.

روز اول موشک‌باران محسن گفت: «بفرما! هی می‌گی باغو بفروش. یه آلونکم توش بسازیم، همینجوری یه گاو صندوق طلاس؛ مردم برا فرار از موشک، هلفدونی‌م گیرشون نمی‌آد.»

ملیحه در جوابش گفت: «خونه‌ی بابات که اونجاس، بیرونمون می‌کنه؟»

– دو سه تا اتاق و یه فوج فامیل؛ به کی می‌رسه؟

– اول به بچه‌هاش!

وقتی به دماوند رفتند، محسن ملیحه را برد و باغ را نشانش داد. سعی کرد از مزایایش بگوید و حتی برای اولین بار اعتراف کرد که از کار توی اداره و مسافرکشی بعد از ظهرها خسته شده است و گفت که چطور چند نفر با داشتن باغهایی کوچکتر در همانجا، به کجاها که نرسیده‌اند. اصرار هم کرد که ملیحه را ببرد و با آنها آشنا کند، اما ملیحه گوشش بدهکار حرف‌های او نبود، طوری که در آخر محسن عصبانی شد و گفت: «لج کرده‌ی؟»

– نخیر، نخیر!... طلا از همه‌ی اینا که می‌گی منفعتش بیشتره.

– اصلاً مال منه، نمی‌فروشم، چی می‌گی؟

– پس منو برگردون تهرون!

– تو این موشک‌بارون؟

– به درک!

– خودت برو!

– می‌رم!

– نمی‌ذارم!

– نمی‌تونی جلو منو بگیری!

جرو بحثشان به جایی کشید که همه فهمیدند، برادرها و خواهرهای محسن

با زنها و شوهرانشان و حتی بچه‌ها.

آقاجان سر محسن داد کشید و گفت: «حالا اینقد کشش بده، همسایه‌ها بفهمن!»

محسن با ناراحتی جواب داد: «زندگیمو حروم کرده!»

و آقاجان حرفی زد که محسن کوتاه آمد.

«زنته، همسرته، ببین چی می‌خواد. هیچوقت دیده بودی من سر ننه‌ت داد بکشم؟»

شب، همه‌ی فامیل به جز اسمال‌آقا که رفته بود اتاق دیگر که اخبار رادیو را گوش بدهد، دورهم جمع شدند و عقلشان را روی هم ریختند تا مشکل را حل کنند. چون تفکیک باغ و درنتیجه فروش سهم محسن در شرایط فعلی دشوار و زمان‌بر بود، درآخر قرار شد که بین خودشان چند نفری داوطلب بشوند و سهم محسن را بخرند. سر قیمت که چانه می‌زدند، محسن سکوت کرده بود و کاردش می‌زدی، خونش درنمی‌آمد. آقا جان خودش آستین را بالا زد و روی باغ سهم محسن قیمت گذاشت و درآخر هم این خودش بود که آن را با قیمت خوبی خرید و قضیه با خوشی و خرمی و درمیان تفریح و خنده، ختم به خیر شد و اگر اسمال‌آقا خبر نمی‌آورد که «چارتا موشک زده‌ن تهرون!» تا صبح می‌گفتند و می‌خندیدند.

همانشب آقاجان از توی صندوقچه‌اش سیصدهزار تومن پول نقد بیرون کشید و شمرد و به دستشان داد. محسن که اصلاً خوشحال نبود، درعوض ملیحه توی پوستش نمی‌گنجید گرچه سعی می‌کرد که جلوی جاری‌هایش بروز ندهد.

•••

و حالا که قرار بود به تهران برگردند و طلا بخرند، محسن لحاف را روی سرش کشیده بود و خیال بیدارشدن نداشت. ملیحه طاقتش طاق شد و دریک فرصت کوتاه کف پای محسن را که اززیرلحاف بیرون زده بود قلقلک داد. محسن طوری از جا پرید و طوری اوضاعش پریشان بود که انگار کابوس هولناکی دیده است. آقاجان که متوجه اصل موضوع نشده بود با دیدن قیافه‌ی پسرش خندید و گفت: «خواب

موشک دیدی بابام؟ پاشو، پاشو یه چای تازه دم برات بریزم، البته چای مرحوم مادرت نمی‌شه ولی خب ای‌ی‌ی!»

ساعتی بعد، هنوز بقیه خواب بودند که ملیحه و محسن به طرف تهران حرکت کردند. دو طرف جاده از برفی که زیر تابش آفتاب صبحگاهی برق می‌زد، پوشیده شده بود. ملیحه حساب می‌کرد با این پول چند تا سکه می‌تواند بخرد. قبلاً به محسن گفته بود مستقیماً پیش حاج غفور می‌روند که هم بابای دوستش نسترن است و هم خواهرش و پرویز را می‌شناسد.

ملیحه دستش را روی کیف ورنی‌اش که از بسته‌های اسکناس پف کرده بود گذاشت و فشار داد بعد محسن را نگاه کرد و لبخند زد. محسن که زیرچشمی به حرکات ملیحه نظر داشت، دمغ و درهم از او پرسید: «خنده داره؟» ملیحه زیر خنده زد و بلند بلند خندید. محسن برای آخرین بار سعی کرد غیرمستقیم ملیحه را از تصمیمش منصرف کند.

- می ترسم نرسیده، چارتا موشک بیاد پیشوازمون.

- بذا بیاد؛ ما زود می‌خریم و زود برمی‌گردیم.

- خوش به حالت!

محسن این را با دلخوری و تمسخر گفت و دیگر تا تهران حرفی بینشان رد و بدل نشد. به چهار راه تهران پارس که رسیدند، محسن پرسید: «حاج خانم کجا تشریف می‌برن؟»

ملیحه با همان لحن به او جواب داد: «گفتم که، می‌ریم پیش حاج‌غفور!»

محسن ابرو بالا انداخت و دنده را معکوس کشید و گاز داد. ملیحه به اخم او اعتنایی نکرد و دوباره در ذهنش شروع به محاسبه کرد که با پولی که دارد چند تا سکه می‌تواند بخرد.

یک خیابان مانده به مقصد، شیشه‌های خرد شده‌ی مغازه‌ها توجه محسن را جلب کرد، ولی ملیحه همچنان درگیر محاسباتش بود و انگار چیزی نمی‌دید.

کمی جلوتر و با دیدن منظره‌ی روبرو، انگار سطلی از آب یخ بر سر محسن ریختند و بی‌اختیار چنان روی ترمز زد که ملیحه به جلو پرت شد. ملیحه جیغی کشید و برای لحظه‌ای گیج شد و بعد از آنچه که در مقابل چشمش دید، تنش لرزید، رنگش پرید و آه از نهادش برآمد.

وقتی پیاده شدند، محسن زیر بغل ملیحه را گرفت تا نیفتد. منظره‌ی وحشتناکی بود؛ چند خانه و مغازه کاملاً تخریب شده بود. اطراف محل اصابت موشک را طناب کشیده بودند و سربازها اجازه نمی‌دادند جمعیتی که گرد آمده بودند، جلو بروند. افرادی با بیل و کلنگ مشغول آوار‌برداری از محلی بودند که محسن حدس می‌زد آنجا به واسطه‌ی وجود ژیان نیم‌سوخته و داغان شده‌ای در همان نزدیکی، قبلاً منزل باجناقش بوده است.

محسن آب دهانش را به زحمت قورت داد و برای آن که به ملیحه قوت قلب بدهد گفت: «خدا رو شکر خودشون اینجا نبودن!»

در حقیقت اگر ملیحه مطمئن نبود که خواهر و شوهر‌خواهر و خواهرزاده‌اش به همراه برادر و زن برادرش دیروز به انزلی رفته‌اند، همانجا سکته می‌کرد و می‌افتاد.

فولکس استیشنی با سرعت آمد و کنار آنها چنان ترمز کرد که لاستیکش بر آسفالت کشیده شد. راننده که دختری مضطرب بود، فوراً پیاده شد، تا زیر بغل پیرمردی را که از آن طرف پیاده شد، بگیرد. ملیحه از شباهت زیادی که دختر با نسترن داشت حدس زد که خواهر اوست و پیرمرد هم قاعدتاً می‌بایست حاج غفور باشد. حدسش درست بود؛ نسترن و یکی دیگر از خواهرانش هم از فولکس پیاده شدند و هر سه چشم به واکنش پدرشان دوختند. حاج غفور لحظاتی به مغازه‌ی جواهر فروشیش که حالا به تلی از خاک و آجر و تیر‌آهن و مرمرهای خرد شده تبدیل شده بود، خیره ماند و بعد مثل آدم‌های بی‌اراده جلو رفت. کسی مانعش نشد. از طناب عبور کرد و کنار پیاده‌رو، لب جو نشست و با انگشتان سنگ و آجر و خاک و پاره موزاییک و تکه شیشه‌ها را از روی باغچه کنار زد و سعی کرد

شاخه های له شده را صاف کند و چون نشد، اول لبخندی تلخ برگوشه ی لبانش نشست و بعد اشک بر محاسنش جاری شد.

دختران حاج غفور، اشک ریزان، پدرشان را به زور از جا بلند کردند و سوار فولکس کردند و رفتند. محسن دست ملیحه را که او هم اشک می ریخت، گرفت و دلداریش داد و گفت: «می خوای برگردیم دماوند؟»

ملیحه هنوز آره یا نه جواب نداده بود که حضور ناگهانی خواهرش، شرایط را دگرگون کرد. مریم شیون کنان از راه رسید در حالیکه برادرش مسعود پشت سر او می دوید و شعله را در آغوش داشت.

ملیحه با دیدن خواهرش به طرف او دوید و تا به او برسد تند و تند اشک چشمانش را پاک کرد و به مریم که رسید، او را در آغوش کشید و گفت:

«خدا رو شکر که خودتون سالمید؛ مال و زندگی فدای یه تار موی خودت و شوهرت و بچه ت!»

مریم توی سر خودش زد و گفت: «پرویز! پرویز کو؟»

مریم در آغوش خواهرش از حال رفت. ملیحه شوکه شده بود. مسعود به محسن که منگ شده بود گفت: «پرویز خان با ما نیومد انزلی.»

مرد لاغر اندامی که جلو سرش طاس بود، به طرف آنها آمد و گفت: «بنده نوابی هستم، آقای پرویز گودرزی با شماها نسبتی داره؟»

محسن با دستپاچگی جواب داد: «بله بله! چطو مگه؟»

نایب نوابی با سیمایی بشاش و نورانی گفت: «بهتون مژده بدم، زنده س. توی زیرزمین گیر افتاده، انشاءالله که زودتر نجات پیدا کنن!»

ملیحه گریه اش گرفت. محسن و مسعود هم. نوابی هم هر کاری کرد نتوانست جلو اشکش را بگیرد. مریم چشمانش را گشود. او صحبت ها را شنیده بود و گرچه هنوز باور نمی کرد، اما نگاه امیدوارش را به نوابی دوخت.

موش

گودرزی ساعتش را نگاه کرد. قریب به دو ساعت بود که مرتب از لای کرکره بیرون را نگاه می‌کرد و انتظار می‌کشید و غر می‌زد.

«چه خبره؟ اگه قرار بود مار شکار کنن چقد طولش می‌دادن؟»

بار دیگر که از لای کرکره بیرون را نگاه کرد، کار نصب تابلوی جواهرفروشی حاج غفور هنوز در جریان بود و باز هم از دیدن حاج‌غلام در آنجا چندشش شد.

«آخ که چقد ور می‌زنه! آدم ندیده‌م اینقد فضول و وراج!»

از دیدن حاج‌غلام همانقدر چندشش می‌شد که از دیدن موش.

«اگه نبود چه خوب می‌شد! اگه گردنشو خرد می‌کرد و می‌رفت، می‌تونستم برم بیرون حداقل یه تلفن دوباره بزنم. ول کنشون نیستم؛ یا من یا این موشای لعنتی!... لعنتی معلوم نیس کار و زندگی نداره؛ از صُب تا شوم توکوچه می‌پلکه و

زاغ سیای مردمو چوب می‌زنه. آه!»

اگه حاج‌غلام اونجا نبود، گودرزی می‌توانست با خیال راحت کارتنی را که توی صندوق عقب ژیان بود به خانه منتقل کند، ولی اگر حاج‌غلام می‌دید، می‌آمد سراغش و حتماً می‌گفت: «آق‌معلم چی داره توکارتن حمل می‌کنه؟ گچه؟ هاهاها!»

یک پاکت میوه هم اگر دست او می‌دید، باز همین را می‌گفت و می‌خندید.

«گچ تو اون مُخته مرتیکه‌ی حرف مفت زن!»

شعله، دختر کوچک گودرزی که تازه از خواب پا شده بود، لباسش را به دست گرفته و آورده بود تا پدرش تنش کند و در ضمن گفت:

«بابا صبحونه.»

گودرزی لباس را به تن او پوشاند و برایش چای شیرین ریخت و گفت:

«زود بخور ملوسم؛ امروز کار زیاد داریم.»

- می ریم فلکه بابا جون؟

- نه بابا جون امروز جایی نمی‌ریم؛ اون پدر سوخته رو باید شکار کنیم.

یک ماه بیشتر بود که با تلفن و مکاتبه و حضوری، گفته و نوشته و آمده و رفته بود تا آخر شهرداری منطقه را قانع کند که مأمور بفرستند بلکه شر این موجود موذی را که خواب و خوراک را به او حرام کرده بود، بکنند.

چندبار دیده بودش؛ درشت و نرم با چشمهای ریز و سرخ و دُم بلند و باریک. اگر شر او کنده می‌شد، می‌ماند که چطور از شر حاج‌غلام خلاص شود. زنش به او گفته بود «پرویز، تو که این جور مث دزدا نصف شبی جنسا رو می‌آری که این زیر انبار کنی، با چه روحیه‌ای می‌خوای اونا رو بفروشی؟»

او در توجیه جواب داده بود «به خاطر اون مرتیکه‌ی حرف مفت زن فضول می‌گی؟ از فردا جلو چشاش می‌آرم که کور بشه!»

زنش به طعنه گفته بود «آره دیگه، آدمی که بخواد این کاره بشه باید پیِ همه چیو به تنش بماله.»

و او در جواب با انگشت نهادن بر نقطه ضعف بشری گفته بود «اگه تو دلت می‌خواد تا آخر عمر همینجوری با فس و فس و گدابازی روزگار بگذرونیم، اینطوری فکر کن!»

از یاد آن که آنروز زنش در جواب او حرفی برای گفتن نداشت، لبخند رضایت‌آمیزی بر لبانش نشست. شعله که ضمن خوردن به پدرش نگاه می‌کرد، گفت: «دختر خوبی‌م باباجون؛ می‌خندی؟»

گودرزی خندید و گفت: «بعله باباجون!» لقمه‌ای نان و پنیر را به زور در دهان کوچک دخترش جا داد و از جا بلند شد و گفت: «چای بکش روش دخترم، اومدم.»

از آشپزخانه بیرون آمد و فرش ماشینی وسط هال را لوله کرد و تکه‌ای از موکت زیر آن را با دقت جدا کرد. دریچه‌ای فلزی نمایان شد. با انگشت ضربه‌ای بر روی آن نواخت و داشت از طنین صدای آن لذت می‌برد که یکباره طنین زنگ در حیاط او را از جا پراند. دستپاچه و هول هولکی موکت و فرش را به سر جای اولش برگرداند.

شعله از آشپزخانه گفت: «بابا، لقمه!»

ـ صبر کن باباجون، ببینم کیه.

با انگشت، دو پره از کرکره‌ی پنجره را از هم باز کرد. اتومبیل شهرداری توی خیابان بود و چهار رفتگر با لباس‌های نارنجی‌شان در کنار آن بودند.

«چه عجب، بالاخره تشریف آوردن!»

و از این که دید حاج‌غلام در آن دور و برها نیست، خوشحال شد، ولی وقتی رفت و در حیاط را باز کرد، از دیدن حاج‌غلام در پشت در جا خورد.

«آق معلم، شما را کار دارن. خلافی ملافی ساختمون که ندارین؟... ببخشین یادم نبود مستأجرین! هاهاها!»

مردی که جلو سرش طاس بود، جلو آمد و با ترشرویی پرسید: «آقای پرویز گودرزی جنابعالی هستین؟»

- بله بله، خودمم. شما باید آقای نوابی باشین.

- خودمم. کجان؟

- چی کجان؟

- اوناکه به خاطرشون پیله کردین.

- آهان!... بله همینجا... اجازه بدین خدمتتون بگم کجا دیدمشون.

گودرزی حاج‌غلام را کنار زد و به کنار جوی پیاده رو رفت. کنار پل، روی زانو نشست و با اشاره به زیر آن گفت: «همین جاس، همین زیر.»

حاج‌غلام با کنجکاوی آمد ببیند که چه چیز همانجا، همان زیر بود.

نوابی با بی‌حوصلگی پرسید: «با چشای خودت دیدی؟»

- با چشای خودم دیدم.

- چن تان؟

- نمی دونم، فکر می‌کنم یکی دو تا باشن.

- یکی دو تا؟... واسه‌ی یه دونه موش شهرداری رو مچل کرده‌ی؟

حاج‌غلام که بالاخره به اصل ماجرا واقف شده بود، لبانش را غنچه کرد و پوزخند زد. گودرزی متوجه شد که نباید جا بزند؛ سینه ستبر کرد و خطاب به نوابی گفت: «پس انتظار داشتی یه لشکر باشن؟»

نوابی ساز مخالف زد و گفت: «تازه به ما مربوطی نیس؛ مربوط به بهداشته.»

گودرزی که تحمل نگاه‌های حاج‌غلام را نداشت، گفت: «پس شما بفرمایین پی کارتون، می‌گیم بهداشت بیاد.»

نوابی از لحن کلام گودرزی جا خورد. رفتگر محل هم میانجی شد و گفت: «نزدیک عیدی اوقات خودتونو تلخ نکنین. اصلاً به من نشونش بدین تا خودم دخلشو بیارم.»

حاج‌غلام که منظور رفتگر محل را از یادآوری عید، به منظور یادآوری «عیدی یادت نره» تعبیر کرده بود نتوانست جلو زبانش را بگیرد و گفت:

«مرحبا رجب، نزدیک عیدی چقد مهربون شده‌ی!»

رجب نگاهی چپ‌چپ به حاج‌غلام انداخت و زیر لب چیزی به ترکی گفت که ظاهراً فقط نوابی متوجه شد، چون اخمش باز شد.

شعله، ظرف پنیر در یک دست و تکه‌ای نان در دست دیگر، جلوی در پیدایش شد و با دیدن پدرش بین آنهای دیگر، گفت: «بابا لقمه!»

گودرزی به طرف دخترش شتافت.

«بدو تو؛ تو هنوز خوب نشده‌ی، بازم مریض می‌شی‌ها!»

اما نعره‌ی نوابی، گودرزی را از ادامه‌ی دلسوزیش بازداشت.

«اوناهاش، بگیریدش!»

موش چاق و چله‌ای وسط جوی پیاده‌رو می‌دوید و با نعره‌ی نوابی، ترسید و عقب‌گرد کرد تا در زیر پل مخفی شود، اما نوابی مثل قرقی به درون جو پرید و مانع او شد و بر اثر این عمل، لجن متعفن به سر و صورت حاج‌غلام پاشید و حسابی کثیفش کرد.

نوابی چنان دست‌هایش را از هم گشوده بود و آماده‌ی حمله بود که انگار می‌خواهد با شیر گلاویز شود. موش، فرز و چالاک تغییر جهت داد. رجب و بقیه رفتگرها هم با جاروهای دسته بلندشان برای مبارزه آماده بودند. گودرزی که دخترش را به حال خود رها کرده بود، با خوشحالی گفت: «گفتم که اینجاس!»

موش که از جو بالا کشیده بود با دیدن هیکل فربه گودرزی، دوباره پایین پرید و در عین حال با یک جاخالی، ضربه‌ی پوتین پک و پهن رجب رفتگر را هم خنثی کرد. رجب که زانویش درد گرفته بود، لنگان به گوشه‌ای رفت و نشست. حاج‌غفور که متوجه قضیه شده بود، نظارت بر کار نصب تابلوی جواهرفروشیش را رها کرد و با میله‌ای که کرکره را بالا می‌برد، پیش آمد و به جمع چند بچه مدرسه‌ای که به معرکه پیوسته بودند، اضافه شد. بچه‌ها با جیغ و فریاد شورانگیزشان، هیجان ویژه‌ای به مراسم شکار بخشیده بودند. موش بین دو پل با چالاکی ورجه ورجه

می‌کرد و همه را به هن و هن انداخته بود و تنها نصیب او از بدشانسی، یکی از ضربات حاج‌غفور بود که قسمتی از دم او را کند.

گودرزی که لاجرم، عضوی فعال درگروه بود، به شدت به نفس‌نفس افتاده و خیس عرق شده بود. او در میانه‌ی کارزار به یاد جمله‌ای از همسرش افتاد که معمولاً گاه و بیگاه به او گوشزد می‌کرد.

«باید لاغر شی مرد؛ اینجوری پیش بری، با حقوق معلمی سیر نمی‌شی!»

«غصه نخورزن؛ به زودی وضعمون چنان عوض می‌شه که حرفتو پس می‌گیری.»

و حالا اگر در این هوای سرد، عرق از هفت چاکش راه افتاده بود و داشت از خستگی تلف می‌شد، همه برای رسیدن به همان وضعیت مطلوبی بود که وعده‌اش را داده بود.

•••

قبلاً آدم افتاده‌ای بود. از بس که ساکت و صبور بود، کسی در آن محله نمی‌دانست کی است و چکاره است و اصلاً هست یا نیست. خودش که اینطور فکر می‌کرد. زنش صبح تا ظهر می‌رفت مدرسه درس می‌داد و او با شعله توی خانه سرگرم بود، تر و خشکش می‌کرد، همبازی و مونسش بود و ظهرها او را تحویل همسرش می‌داد و خودش به مدرسه می‌رفت تا به کار معلمیش بپردازد و این گونه روزگارشان سپری می‌شد، تا حدود دو ماه پیش.

دو ماه پیش یکباره خط مشی آقای گودرزی تغییر کرد و همراه با آن غرش غیرطبیعی ژیان گوجه‌ای رنگی که تازه خریده بود، توجه دیگران و به ویژه حاج‌غلام را جلب کرد.

البته این تحول را در زندگی گودرزی، نه اتومبیل ژیان، و نه فضولی دیوانه کننده‌ی حاج‌غلام، بلکه در نتیجه‌ی ملاقات غیرمنتظره‌ای بود که با پدر عیوضعلی نعمتی، شاگرد کودن کلاسش اتفاق افتاد. بعد از این ملاقات بود که گودرزی به مریم گفت «آقای نعمتی چشم و گوش منو باز کرد. قبلاً باور نمی‌کردم، اما حالا

می‌دونم که دوازده سال ول معطل بوده‌م.»

عیوضعلی نعمتی، گودرزی را کلافه کرده بود. از هر دری در می‌آمد بلکه او را با کلاس سازگار کند، اما موفق نمی‌شد. انگار کله‌ی این بچه را از گچ پر کرده بودند. گیج گیج نگاه می‌کرد و تا فرصت گیر می‌آورد یا لواشک به سق می‌کشید و یا تخمه می‌شکست. شیک و پیک بود و خنگ. نه تنبیه سرش می‌شد، نه تشویق. هر جای کلاس هم که می‌نشاندش، جیبِ همیشه پر تنقلاتش، دورو بری‌هایش را وسوسه می‌کرد و کلاس را به هم می‌ریخت. به خواهش او، ناظم مدرسه چندین بار ولی او را به مدرسه احضار کرده بود. پدرش که اصلاً نمی‌آمد، مادرش هم که آنقدر مظلوم بود که نیامده اشک توی چشم‌هایش جمع می‌شد و می‌گفت: «از من ضعیفه چه کاری ساخته‌س؟» و در مقابل این سؤال که چرا پدر عیوضعلی به مدرسه نمی‌آید، سرش را پایین می‌انداخت و جوابی نمی‌داد. اوایل گودرزی فکر می‌کرد پدر عیوضعلی فوت کرده است، اما بعداً از دفتردار مدرسه به حقیقتی خلاف تصورش پی برد.

«نه تنها زنده بلکه سرحال و قلچماق و سرزنده‌م هستش. دو تا زن داره و وضعشم سکه‌س.»

یک روز که عیوضعلی، به هنگام درس، حسابی شورش را در آورده و کلاس را به هم ریخته بود، طاقت گودرزی طاق شد و یقه‌اش را چسبید و کله‌اش را به دیوار فشرد و با عصبانیت به او گفت: «فردا یا پدرتو می‌گی بیاد مدرسه، یا خودتم نمی‌آی!» و عیوضعلی در مقابل تهدید او، با لحنی که بیشتر به شوخی شباهت داشت گفت: «حرفشم نزن آقا!»

گودرزی که به خاطر شلیک خنده‌ی بچه‌ها کنترلش را از دست داده بود و نمی‌فهمید که دارد چکار می‌کند، گردن و کله‌ی عیوضعلی را بیشتر فشار داد، و وقتی که نفس او به خرخر افتاد، با دستپاچگی رهایش کرد. خط قرمزی دور گردن عیوضعلی نقش بسته بود و چشم‌هایش پر اشک بود. بچه‌های کلاس ساکت بودند و انتظار می‌کشیدند که ماجرا به کجا ختم می‌شود. گودرزی سعی کرد دل عیوضعلی

راکه به طرزی باورنکردنی ترسیده بود، به دست بیاورد و لذا با لحنی دلجویانه به او گفت: «من که با تو دشمنی ندارم بچه جان! بابات رو بگو بیادش؛ نمی‌خورمش که!»

عیوضعلی سرش را زیر انداخت و جوابی نداد و گودرزی هم دیگر اصراری نکرد.

دو هفته‌ی بعد مادر عیوضعلی به مدرسه آمد و بدون هیچ توضیح و حرف، پرونده‌ی پسرش را گرفت و زد زیر چادرش و رفت.

همان روز یکی از دانش آموزها یواشکی گودرزی را صدا زد و نامه‌ای را از طرف عیوضعلی به او داد. در نامه، عیوضعلی با خطی درشت و کج و معوج خطاب به گودرزی نوشته بود «آقا ما رفتیم سرِکار بای بای. در ضمن می‌خواستم بدانید که پدرما عارش می‌آید به مدرسه بیاید.»

گودرزی نامه را داد به همکارانش بخوانند و از این بابت آن روز کلی خندیدند و تفریح کردند، و اگر آن ملاقات غیرمنتظره پیش نمی‌آمد، مشغله‌ی زندگی یاد این ماجرا را از خاطرش می‌زدود.

صبح زمستانی سردی بود. شعله را شال و کلاه پوشانده بود و منتظر رسیدن اتوبوس بودند. بنز انگوری رنگی جلوی پای آنها ایستاد و بوق زد و چهره‌ی عیوضعلی از پشت شیشه‌ی بخارگرفته‌ی بنز توجه او را جلب کرد. شیشه پایین زده شد و عیوضعلی با لبخندی گستاخ گفت: «آقا بفرما بالا!»

پشت فرمان، مرد چاق میانسالی با سبیلی پهن نشسته بود که بعد از تعارف عیوضعلی، او هم لب به تعارف گشود. «آقای گودرزی بفرماین سوار شین؛ هوا سرده!»

گودرزی جلو رفت و با مرد سلام و علیک کرد. از شباهت زیاد مرد با عیوضعلی، حدس زد که باید پدرش باشد. او دوباره تعارف کرد. گودرزی تشکر کرد و گفت: «مزاحم نمی‌شم آقای نعمتی؛ مسیر شما ممکنه...»

نعمتی نگذاشت گودرزی حرفش را تمام کند و خطاب به پسرش گفت: «بپر بشین پشت بچه، آقا معلم سوار شه.» و عیوضعلی هم معطل نکرد و مثل قرقی پیاده شد و در ماشین را نگه داشت تا گودرزی و شعله سوار شوند و گودرزی

هیچ راهی نداشت جز این که سوار شود. تشکر کرد و سوار شد. اتومبیل که حرکت کرد، عیوضعلی از جیب کاپشنش یک شوکولات خارجی درآورد و به شعله داد. گودرزی نگاهش کرد و با لبخند گفت: «جیبات که همچنان پره عیوض.» عیوضعلی در جواب همان پاسخ همیشگیش را داد و گفت: «چه کنیم آقا!» و پدرش پشت بند حرف او گفت: «بردمش بازار، عیبی داره؟»

گودرزی از لحن بی‌تعارف او حدس زد که در جریان کار پسرش بوده است و دارد به شکلی تلافی می‌کند. یاد نامه‌ی عیوضعلی افتاد و یادش رفت جواب او را بدهد. نگاهی دقیق هم به او کرد تا قیافه‌ی مردی را که به قول پسرش عار داشت به مدرسه بیاید، خوب به خاطر بسپرد. او کاملاً شبیه پسرش بود، انگار خود عیوضعلی بودکه بزرگ و چاق شده و سبیل درآورده بود با یک تفاوت بارز و آن هم انگشت اشاره‌ی دست راست او که کوتاه و نصفه بود.

نعمتی دوباره پرسید: «پرسیدم عیبی داره؟»

گودرزی به خود آمد و جواب داد: «نه! چه عیبی؟ ولی خب مدرسه‌اش چی می‌شه؟»

نعمتی به او نگاهی کرد و گستاخ و بی‌ملاحظه گفت: «شما جنابتون که درس خوندین به کجا رسیدین؟»

گودرزی که انتظار شنیدن چنین سخنی را نداشت، احساس کرد پوست صورتش داغ شد و به مور مور افتاد. ماند که چه بگوید. نعمتی حال او را درک کرد و فوراً کنار زد و ایستاد و اسکناسی صد تومنی از کیف بغلی‌اش بیرون کشید و به طرف پسرش دراز کرد و گفت: «بپر پایین جوجه؛ جلو جلو می‌ری بازار، سر و گوش آب می‌دی می‌فهمی قصه‌ی صابونا چی شد. ها بدو رفتی!»

عیوضعلی دلش می‌خواست بماند و ادامه‌ی مبارزه‌ی پدرش را با معلم سابق خود شاهد باشد، اما با فشاری که توسط انگشت نصفه‌ی پدر بر نُک بینی‌اش وارد شد، مجبوری، پیاده شد و رفت. با پیاده شدن عیوضعلی، گودرزی فرصت را برای

گریز از موقعیت نامطلوب غنیمت شمرد و گفت: «اجازه بدید بنده‌م مرخص می‌شم.»

نعمتی محکم بازویش را چسبید و با لبخندش به او فهماند که فرار فایده ندارد. گودرزی اصرار کرد «شما به کارتون برسید، من مزاحم نمی‌شم!»

نعمتی اتومبیل را به حرکت در آورد و گفت: «چاکر امروز دربست در خدمت شوماس، امر بفرماین سر قله‌ی قاف، اطاعت!»

گودرزی دیگر اصرار نکرد و ترجیح داد که تا خیابان پایین‌تر را در سکوت سپری کند و آنجا را مقصد عنوان کند و خود را از قید این همنشینی ناخواسته برهاند، اما علیرغم میل او نعمتی اهل سکوت نبود.

- بنده رو که به جا آورده‌ین؟

- البته. جناب آقای نعمتی، ابوی محترم عیوضعلی خان.

- چاکریم!... از فرمایشات ناقابل ما که دلخور نشده‌ین؟

- خوشحال شدم.

- از عیوض شنیدم پیله کرده بودین منو ببینین؛ حالا در خدمتم، فرمایش؟

- نخیر اصراری نبود، اگه بود بابت عیوضعلی و درس و مشقش و رفتار و گفتارش بود که اونم بالاخره بردینش تو کار بازار و اینطوری باشه، بحثی نیس.

نعمتی با کف دست بر زانوی گودرزی کوبید و گفت: «احسنتُم! کار تو بازار عشقه! حالا که درک کردی، بگو کارِت کجا گیر داره، خلاصش کنم بی‌رودرواسی.»

گودرزی از طرز صحبت او بی‌اختیار خنده‌اش گرفت و گفت: «ما جایی گیر نداریم قربون، لطف شما زیاد!»

نعمتی سری بالا انداخت و گفت: «معلومه که راس نمی‌گی، هیکلت ماشاءالله گت و گنده هس، اما تو پوکه، معلومه. قیافه‌ی بچه‌ی ریغوله‌تم همینو داد می‌زنه.»

گودرزی که دیگر به طرز صحبت او عادت کرده بود، خندید و گفت:

- نمی دونستم پدر عیوضعلی دکتر تشریف دارن!

- دکتر نیس، اما قیافه شناسه. خبره‌س، اگه نباشه قورتش می‌دن، ولی مخلص

کلوم ازت خوشم اومده.

- خدا شمارو از آقایی کم نکنه!

- چاکریم!... خلاصه گفته باشم مخلص معلمی نکرده‌م، لاکن بلدیم درسایی بگیم، منتهاش فطیر نیس؛ دو آتشه‌س و خوش خوراک، زینت سفره‌ی خان!

- واسه همین نذاشتی عیوضعلی بخوونه؟

- بخوونه؟ اونی که باید بخونه، رمز روزگاره، رازکاره، مخلص کلوم نبض بازاره.

به بهارستان که رسیدند، انگار ده سال بود که همدیگر را می‌شناختند و گودرزی پاک از یاد برده بود که قصد داشت کیلومترها قبل‌تر پیاده بشود. وقت خداحافظی نعمتی گفت: «خدا وکیل به دلم نشستی. اراده کنی ریز و رمزکار دوره، ولی برا رفقا جوره! تو چشات می‌خونم مایه‌شو داری. خواستی، این نشونی!»

و بی‌آن که منتظر واکنش گودرزی بماند، کارت کوچک سبز رنگی را در جیب کت او فرو کرد و بعد دستش را به منظور خداحافظی جلو آورد و گفت: «عزت زیاد!» بعد با انگشت نصفه‌اش نُک بینی شعله را فشار داد. جیغ شعله درآمد. نعمتی خندید و گفت: «تقصیر نداره؛ کوپنی می‌خوره!»

شب، مریم اسم و آدرس نعمتی را روی کارت خواند و گفت: «بهش فکر نکن، یارو دیونه‌س!»

اما فکر این ملاقات دست از سر گودرزی بر نمی‌داشت و ذهن او را آشفته کرده بود.

«منظورش چی بود؟ اولش با متلک شروع کرد و بعدش پیشنهاد کار؛ چرا؟ به نظر نمی‌اومد اونقد پسرشو دوس داشته باشه که بخواد انتقام بگیره، پس داشت منو تحقیر می‌کرد؟ می‌خواست خودشو به رخم بکشه؟ آیا واقعاً اون به پسرش گفته بود توی نامه بنویسه که از اومدن به مدرسه عار داره؟ مگه اون کیه که به خودش حق می‌ده دیگرونو کوچیک بدونه؟... نه، حرفاش بوی کینه و تلافی‌جویی نمی‌داد. پس منظورش چی بود؟ چرا میون این همه آدم منو انتخاب کرده؟ داره دستم میندازه؟ نکنه به قول مریم می‌خواد از سادگی و حجب و حیای من سوءاستفاده

کنه؟ کورخوندی نعمتی! به ظاهرمون نیگا نکن؛ ما دست امثال شما رو سالهاس که خونده‌یم! پته‌ی شماها رو حداقل هفته‌ای چهار روز، هر روز چند بار وقت زنگ تنفس، روی آب پهن کرده‌یم. ریز و درشتتونو زیر میکروسکپ گذاشته‌یم... ولی اگه به قول مرحوم بابام، این همون شانسی باشه که درِ خونه‌ی هرکسی رو فقط یه دفعه می‌زنه، اونوقت چی؟ مگه محسن عصرا با ماشینش مسافرکشی نمی‌کنه؟ مگه کار عاره؟ اما مریم چی؟»

مریم برعکس خیلی از زنها، به هیچ‌وجه موافق این نبود که شوهرش دو شغل داشته باشد. یکی به این خاطرکه مشکل نگهداری شعله پیش می‌آمد و دیگر آن که به طور جد معتقد بود همین معلمی به اندازه‌ی کافی آدم را فرسوده می‌کند، و او آنشب حدس نزده بود که ملاقات با نعمتی چه غلغله‌ی غریبی در دل و جان شوهرش بپا کرده است.

«فکر می‌کنی چه نقشه‌ای برات چیده؟ بپا تله نباشه! بپا تو چاه نیفتی!... چرا اینقد بدبینی؟ چرا می‌ترسی؟ می‌ترسی؟ آره می‌ترسی!... برو جلو دل داشته باش، چرا فکر بد می‌کنی؟ خب ازت خوشش اومده، مگه عجیبه؟ مگه پیش نیومده؟ خود تو مگه از همه‌ی محصلات به یه اندازه خوشت می‌آد؟ نه دیگه، می‌بینی یکی بیشتر به دلت می‌شینه. برو جلو! حالا که شانس خودش اومده و دق‌الباب می‌کنه، پاشو درو واکن! حرفای مریم سردت نکنه، زندگی تو فقط در مریم خلاصه نمی‌شه، شعله هم حقی داره!»

با این وجود، صبح، سر سفره‌ی صبحانه، گودرزی بی‌مقدمه گفت: «اگه اون مرتیکه‌ی حمال دوباره سر راهم سبز بشه، بهش می‌گم تو که خوردی و بردی و چاپیدی به کجا رسیدی؟»

آن روز نعمتی سر راه او سبز نشد، اما او خودش به سراغ نعمتی رفت. شعله را که تحویل مریم داد، به مدرسه زنگ زد و برای اولین بار در طول خدمتش، مریضی را بهانه کرد و مرخصی گرفت. به خاطر دروغی که گفته بود از خودش خجالت کشید،

اما نیروی مرموزی که او را به این کار واداشته بود بر این حس او فایق شد.

تا قبل از این که حجره‌ی نعمتی را در بازار پیدا کند، خودش را آماده کرد که اولین ضربه را چگونه وارد کند؟ چه بگوید و چه کند که تلافی دیروز در بیاید و نعمتی کاملاً خرد شود؟

وارد حجره که شد، نعمتی پشت میز چوب گردوی اعلایش نشسته بود و عیوضعلی در کنار او روی چارپایه‌ی بلندی جا خوش کرده بود و بادام زمینی می‌جوید که با دیدن گودرزی چشمانش گرد شد و بادام زمینی توی حلقش پرید. نعمتی که از دیدن گودرزی به طرز غریبی ذوق زده شده بود، ضمن آن که با مشت به پشت عیوضعلی می‌کوفت تا راه گلویش باز شود، گفت:

«می‌دونستم میای! می‌دونستم مرد کارزاری!»

گودرزی محکم ایستاد و با لحنی جدی گفت: «راجع به درس و مدرسه‌ی عیوضعلی اومده‌م!»

نعمتی با شنیدن این سخن از آن شوق و ذوق افتاد، ولی در عوض، عیوضعلی سرفه از یادش رفت و چشمانش از خوشحالی برق زد. گودرزی در نعمتی دقیق شده بود تا اثر زهر نیشی را که زده بود، در او ببیند.

نعمتی، چند بار، صدایی شبیه به خرناس از گلو خارج کرد، نگاهی چپ چپ اول به عیوضعلی و بعد به گودرزی انداخت، کف دو دستش را بر روی رانها تکیه داد و سرش را با یک حرکت به جلو پرت کرد و گوشه‌ی ابرو بالا انداخت و سبیلش را جوید. عیوضعلی که هنوز شاد و شنگول بود، به گودرزی چشمک زد. گودرزی که هیچوقت فکر نمی‌کرد عیوضعلی آنقدر مشتاق مدرسه باشد، از حرکات او متعجب بود. نعمتی خرناس آخرش را هم کشید و دست در جیبش کرد و یک اسکناس صد تومنی نو بیرون کشید و به طرف عیوضعلی دراز کرد و گفت: «یه چرخ بزن ببینم چه می‌بینی، ها بدو جوجه!»

عیوضعلی با دلی ناراضی پول را گرفت و رفت. تنها که ماندند، نعمتی زل زد

توی چشمهای گودرزی. گودرزی منتظر بود که او جمله‌ی دیروز را تکرار کند، تا جوابی را که آماده کرده بود تحویل او بدهد.

«شما جنابتون که درس خوندین، به کجا رسیدین؟»

«به اونجایی که خوب رو از بد تشخیص بدیم، دوغ رو از دوشاب تمیز بدیم، دوست و دشمنو بشناسیم و از هم مهم‌تر فهم حرف زدن پیدا کنیم.»

جوابی که آماده کرده بود، به نظر خودش آن کوبندگی را داشت که شخصیت پوشالی نعمتی را از هم بپاشد، اما نه سؤالی که گودرزی پرسید و نه جوابی که نعمتی داد هیچکدام آن چیزی نبود که انتظارش می‌رفت.

ـ راجع به اونی که پیشنهاد دادم، فکر کردی؟

ـ خیلی.

ـ خب، به نتیجه هم رسیدی؟

ـ تا چه کاری باشه؟

خود گودرزی هم متوجه نبود که چگونه مثل گنجشکی در مقابل نگاه مار، مسحور کلام او شده بود. نعمتی قاه‌قاه خندید و شکمش بالا و پایین شد. گفت: «پس همه‌ش فیلم بود؟ اصلش اینه که اومده‌ی پی رمزکار، ریز و رازکار. گفتم خوشم اومده ازت، تعارف نیس. این هیکل با جنس کوپنی ساز نمی‌شه!»

اراده‌ی گودرزی مثل یخ در مقابل آفتاب، لایه لایه ذوب می‌شد و فرو می‌چکید. احساس می‌کرد بد جوری خودش را لو داده است. در عمرش اینطور احساس ضعف نکرده بود. زانویش سست شد و روی چارپایه مقابل نعمتی نشست. توی دلش خالی بود و معلوم نبود که در اعماق ذهنش انتظار کدام کورسوی فرج او را این چنین بر چارپایه میخکوب کرده و قدرت هر عکس‌العملی را از او گرفته بود.

نعمتی کارکشته‌تر از آن بود که گودرزی تصور می‌کرد. او این بار نیز دقیقاً انگشت روی همان نقطه ضعفی گذاشته بود که درد مشترک اکثر حقوق بگیران است؛ آرزوی زندگی بهتر. آرزوی داشتن زندگی بهتری که فکر می‌کنند لیاقتش را

داشته‌اند و از آن محروم شده‌اند.

نعمتی زرنگ‌تر از آن بود که نفهمد در درون گودرزی چه می‌گذرد، لذا شوخی می‌کرد و می‌خندید و از این در و آن در می‌گفت و لحظه به لحظه این احساس وصله‌ی ناجور بودن را از وجود گودرزی دورتر می‌ساخت، طوری‌که کم کم باورش می‌شد که نعمتی واقعاً قصد دارد به او خدمتی بکند.

«شاید واقعاً دلش می‌خواد زجری رو که از دست عیوضعلی کشیدم، به یه شکلی جبران کنه.»

حس تسلیمی که یواش یواش وجودش را مسخر می‌کرد، با ورود مردی به حجره، در مسیر تازه‌ای افتاد. نعمتی با دیدن مرد که ریشی پرپشت داشت، از جا پرید و به کرنش درآمد. مرد بی‌آن‌که به حالت او توجهی داشته باشد دسته قبضی از توی کیفش درآورد و مشغول به نوشتن شد. نعمتی فرز و چالاک به ته حجره رفت و درگاو صندوق را گشود و وقتی برگشت یک اسکناس سبز هزار تومنی توی دستش بود. مرد قبض را جدا کرد و به نعمتی داد و اسکناس را گرفت و بعد با اشاره به گودرزی، خطاب به نعمتی گفت: «برا برادرمونم بنویسم؟»

و رو به گودرزی که دستپاچه شده بود با لبخند گفت: «کمک به جبهه جای دوری نمی‌ره.»

نعمتی فرصت واکنش به گودرزی نداد و دست دیگرش را که در پشت پنهان کرده بود پیش آورد و هزار تومنی دیگری را به طرف مرد دراز کرد و گفت: «حاج آقا، بنویس آقای گودرزی.»

و فوراً رو به گودرزی که دهانش باز مانده بود گفت: «گذاشتم به حسابت.»

مرد ضمن آن که قبض را می‌نوشت، هر از گاه گودرزی را هم نگاه می‌کرد، طوری که او ناچار شد لبخند بزند و به این وسیله از انفاق خود ابراز خشنودی کند.

مرد که رفت، نعمتی سر جایش نشست و خطاب به گودرزی گفت: «شنیدی که چه گفت؟ جای دوری نمی‌ره.» بعد سرش را نزدیک آورد و با لبخندی موذیانه

ادامه داد: «کفتر جلده برادر؛ می‌پره، اما بر می‌گرده به لونه‌ش!»

قاه قاه خندید و بعد گفت: «این درس اول!... درس دوم برای شما، صد تومن سرمایه‌ی اولیه‌س، یه ماشینم فراهم بشه فبها... درس سوم، از امروز هرچه گیرت اومد می‌خری؛ از یه مغازه می‌خری و دو تا پایین‌تر، یه قرون بیشتر دادن، می‌فروشی. نخواستی یه ماه انبار می‌کنی تا بیشتر عزیز بشه.»

نعمتی همه‌ی این حرف‌ها را یک‌ریز، مثل معرکه‌گیری ماهر بر سر بساط معرکه می‌گفت و گودرزی را مسحور کرده بود.

گودرزی با صدایی خفه گفت: «با کدوم سرمایه؟»

«جور می‌شه عزیز. سی تومنشو همین فردا ضامنت می‌شم قرض‌الحسنه می‌گیری، باقیشم مطمئنم جور می‌کنی؛ بهت نمی‌آد دست و پا چلفتی باشی. آره داداش، پیش به سوی زندگی بهتر!»

فکر زندگی بهتر وجود گودرزی را مالامال از تمنا کرده و عنان عقلش را به دست نعمتی سپرده بود تا او برایش نقشه بکشد.

وقت خداحافظی نعمتی آخرین توصیه را نیز بر شمرد.

«فقط باید تیز باشی و دو مورد امنیتی رو هرگز یادت نره.»

انگشت نصفه‌اش را بالا گرفت و گفت: «یک... همسایه‌ها بو نبرن که آدم حسود فراوونه...» انگشت شست را هم گشود و در ادامه حرفش گفت: «دو... موش به انبارت نزنه!» و قاه قاه خندید.

و حالا حاج‌غلام در همسایگی و موش توی جوی آب، خواب و خوراک را به او حرام کرده بودند.

•••

موش گریخته بود و هرکدام خسته و هلاک در جای مانده بودند.

حاج‌غلام که برای شستن سر و صورت و عوض کردن لباس به خانه رفته بود، برگشت و با دیدن آن لشکر شکست‌خورده پوزخندی زد و گفت: «منتظر موشک

بودیم، موش اومد!»

نایب نوابی که بر اثر تقلا، پیراهنش از شلوار بیرون آمده و شکمش پیدا بود، با هن و هن پرسید: «گفته موشک می‌زنم؟»

«بعله! چن بار!»

رجب رفتگر که هنوز مشغول ماساژ ساق پایش بود، پرسید: «می‌گی می‌زنه؟»

«بعله! مگه تعارف داره؟»

حاج غفور، میله‌ی آهنی را برداشت و به طرف جواهرفروشیش رفت و ضمن رفتن گفت: «غلط کرده، سگ کی باشه!»

گودرزی، شعله را که می‌لرزید به خودش چسباند و از نایب نوابی پرسید:

«حالا می‌خوای چکارش کنی؟»

«می‌خواستی چیکارش کنم؟ می‌بینی که فقط مونده خشتکم پاره بشه به خاطرش!»

رجب، سخن نوابی را تأیید کرد و گفت: «راس می‌گه؛ هر کاری ازش بر اومده کرده.»

گودرزی حرفی برای گفتن نداشت. دست شعله را گرفت و به خانه برد. وقتی که در را می‌بست، حرف‌های حاج‌غلام را هم شنید.

«معلوم نیس آق معلم از بابت چی نگرونه؟ موش که گچ نمی‌خوره. هاهاها!»

رجب برای این که متلک نیم ساعت قبل حاج‌غلام را تلافی کرده باشد، گفت: «ایشان مث بنده و جنابعالی بی‌سوات نیستن، فکر بهداشتی دارن!»

گودرزی که پشت در گوش می‌داد، زیر لب غرید و گفت: «گچ تو اون مخته مردک حرف مفت زن! به کوری چشات براش تله می‌ذارم!»

سه روز بعد، تله‌موش را خرید، نه یکی بلکه مطابق فرمول اقتصادی نعمتی بیست دستگاه، اما یک لحظه غفلت در انتقال به موقع کارتن محتوی تله‌موش به داخل خانه، کار دستش داد و حاج‌غلام سر راهش سبز شد. گودرزی سلامی داد و به

زور لبخندی زد و کنار کشید تا او عبور کند، اما حاج غلام همانجا ایستاد و گفت: «به به آق معلم، خسته نباشی!... به جون شما من که خسته م؛ با غفور خان رفته بودیم بازار. ولوله افتاده که امشب می‌زنه. می‌گن موشک دوربرد بهش داده‌ن.»

گودرزی برای این که زودتر از شر او راحت شود با عجله گفت: «بله بله منم شنیده‌م. شایعه‌س.»

«چی می‌گی آقا! کدوم بارش دروغ بوده که این بار باشه؟»

و در تمام این مدت، نگاه حاج غلام به کارتنی بود که گودرزی بغل داشت و آخر طاقت نیاورد و گفت: «بذا زمین آقاجان، خسته می‌شی!»

و علیرغم ممانعت گودرزی، کاتن را از بغل او بیرون کشید و تا به زمین بگذارد، چند بار تکان داد که از محتویاتش سر دربیاورد و حاصل این تلاش باعث شد که در کارتن باز شود و تله موش ها نمایان گردد. حاج غلام که از دیدن آن همه تله موش چشم‌هایش گرد شده بود، سرش را بالا گرفت و به گودرزی خیره شد. گودرزی که غافلگیر شده بود با دستپاچگی گفت: «تله موشه... واسه اون ناقلاها خریده‌م.»

حاج غلام با سوءظن پرسید: «یه کارتن؟»

گودرزی با مِن و مِن جواب داد: «خب گفتم شاید زیاد باشن... یعنی واسه‌ی کس دیگه‌م هس.»

بعد به دور و برش نگاه کرد و دنبال مفری بود که از چنگ حاج غلام بگریزد. خوشبختانه زنش از خانه بیرون آمد. شعله که در بغل مادرش بود، با دیدن پدر ذوق کرد و گفت: «بابا جون، خانومه اینقد گریه کرد!»

مریم به دخترش چشم غره رفت، اما گودرزی با وجودی که منظور شعله را نفهمیده بود برای فرار از ادامه‌ی فضولیهای حاج غلام، در جواب دخترش گفت: «نه بابا!» و طوری که انگار باید زودتر به داد زنی برسد که در خانه مشغول گریه کردن است، کارتن را از زمین برداشت و با عجله به سمت خانه آمد. حاج غلام برای آن که به گودرزی یادآوری کند که چه دیده است، با صدای بلند در پی او گفت: «موش

ترس نداره مؤمن، از موشک بترس!»

و هنوز حرفش به آخر نرسیده بود که انفجار مهیبی زمین را لرزاند. شعله از ترس زیرگریه زد. حاج‌غلام دوید و رفت زیر طاق دروازه‌ی خانه‌اش و در حالیکه رنگ از رویش پریده و زبانش به لکنت افتاده بود گفت:

«دی... دی زد!»

مریم شعله را آرام کرد. گودرزی خطاب به زنش که او هم رنگ از رخسارش پریده بود، گفت: «چیزی نیس، دیوار صوتی رو شکست.»

و به اتفاق هم وارد منزل شدند. گودرزی در را بست و با تنفر گفت:

«بدتر از موشک اینه که آدم همسایه‌ی فضول داشته باشه!»

مریم جوابی نداد و به طرف راه پله رفت. گودرزی به دنبال او راه افتاد و پرسید: «مث این که خیلی ترسیدی.»

مریم با عصبانیت جواب داد: «ترسم از راهیه که تو پیش گرفته‌ی!»

گودرزی با ملایمت پرسید: «شعله رو بذا زمین، بگو ببینم چی شده؟»

مریم با همان عصبانیت جواب داد: «چی می‌خواستی بشه؟ تو زن این مرتیکه‌ی حمال،... نعمتی رو می‌شناسی؟»

گودرزی که تازه به یاد حرف شعله افتاده بود با تعجب پرسید: «زن نعمتی با ما چیکار داره؟»

- تا پیش پای تو اینجا بود. یه ساعت بیشتر اشک ریخت و شوهرشو نفرین کرد. زجرکشش کرده اون نعمتی بی‌شرم!

- خب به ما چه مربوطه؟ اینجا رو چطور پیدا کرده؟

- رفته از مدرسه‌ت آدرسو پرسیده... قسم و قرآنم داد که بهت بگم خودتو از دام این آدم بکشی بیرون. می‌گفت خیلیا رو بیچاره کرده؛ گرگه، گرگ!... پرویز خیلی نگرانم؛ می‌ترسم آبرومون بره!

گودرزی نشست، سرش را میان دستها گرفت و به فکر فرو رفت. ابداً دلش

نمی‌خواست که همکارانش بویی از ماجرا ببرند.

چند روز پیش زن نعمتی را دیده بود که پرونده به دست با عیوضعلی به مدرسه آمده بودند. تعجب کرد و طوری که آنها متوجه نشوند از مدیر مدرسه پرسید: «اینا واسه‌ی چی اومده‌ن؟»

«می‌شناسی که؟ مادر عیوضعلیه، یه ساعته گریه و خواهش و التماس می‌کنه که پسرشو دوباره راه بدیم.»

گودرزی که پیش‌بینی ماجراهای بعدی نگرانش می‌کرد، مدیر را قانع کرد که دیگر صلاح نیس عیوضعلی به این مدرسه برگردد. مدیر با وجودی که تعجب کرده بود که چرا آقای گودرزی صد و هشتاد درجه تغییر موضع داده است، به خاطر احترام به رأی معلمش، خواسته او را اجابت کرد و هم به درخواست دیگر او که قول گرفت عیوضعلی و مادرش نفهمند مبنای این تصمیم از جانب او بوده است.

بعد هم که جریان را برای نعمتی تعریف کرد، او گفت «غلط کرده پتیاره! کبودش می‌کنم!»

گودرزی سعی کرد خودش را از زیر فشار هجوم افکار مزاحم خلاص کند. از جا بلند شد و به مریم که غمگین و افسرده موهای شعله را که درآغوشش خفته بود، نوازش می‌کرد گفت: «مهم نیس! حالا این زنیکه‌ی موش مرده یه حرفی زده، از کجا که حسودیش نشده باشه؟ از لج هووش نبوده باشه؟... زنک قبلنا یه کلوم حرف ازش درنمیومد، حالا می‌آد اینجا بلبل زبونی می‌کنه!»

- معلوم بود که راس می‌گه؛ چشاش یه کاسه‌ی خون بود. اون دیوونه‌ی خاک به سر خون به جیگرش کرده... پرویز جان، خواهش می‌کنم این بازی مسخره رو تمومش کن! این آت آشغالا رو ببر یه بلایی سرشون بیار، دیگه خسته شده‌م، اعصابم خورده، با کوچکترین صدایی قلبم می‌ریزه.

- اینا آت آشغال نیستن؛ حاصل فروش هست و نیست ماس!

مریم اشکش سرازیر شده بود و آرام گریه می‌کرد و گودرزی توی دلش به زن

نعمتی بد می‌گفت.

آنشب تا صبح پیکر شهر لرزید؛ چند بار و موحش. چشمان پف کرده گودرزی گواه بی‌خوابیش بود. شب را تا به صبح چشم به آسمان دوخته بود و دلشوره داشت. دو بار به انبار زیر اتاق رفته و به اجناس سرکشی کرده و تله‌هایی را که درگوشه وکنارکارگذاشته بود، وارسی نموده و هر بار دو حس متضاد، یکی تصور موفقیت و دیگری عدم امنیت، وجودش را مالامال کرده بود.

مریم که به سرکارش رفت، دلش می‌خواست شعله زودتر بیدار شود تا دوتایی به بازار بروند. خودش را شدیداً محتاج به مشورت با نعمتی می‌دید که به او قوت قلب بدهد و راه پیش پایش بگذارد و تردیدی را که به واسطه‌ی حرف‌های مریم و زن نعمتی در او پدید آمده بود، از وجودش بزداید.

با انگشت لای دو کرکره را بازکرد و به بیرون نظر انداخت.

«اَه لعنتی دس بردار نیس!»

حاج غلام با پیژامای راه راه آبی و سفید وگشادش کنار جوی پیاده رو می‌پلکید. از ماجرای موش به بعد، او محل استقرارش را به کنار جو انتقال داده بود. گودرزی چند بار دیده بود که چطور با چشمان ریز و کنجکاوش به دنبال ردی از موش، جوی پیاده‌رو را وارسی می‌کرد. گاهی دو زانو می‌نشست و با سیخ بلندی که در دست داشت، با دقت، چاله چوله‌ها و سوراخ سنبه‌ها را می‌کاوید. اما امروز سیخ در دست نداشت و نگاهی به جو و نگاهی به آسمان داشت، انگار به دنبال ردی از موش و موشک هر دو بود.

گودرزی از رفتن به بازار منصرف شد. کتابی را ازگنجه‌ی کتابها برداشت و دوباره سر جایش گذاشت. حوصله‌ی کتاب خواندن هم نداشت. رفت پتو را که از روی شعله کنار رفته بود، مرتب کرد. طفلک دیشب را خوب نخوابیده بود؛ با صدای هر انفجار از خواب پریده و همراه با ترس مادرش ترسیده وگریه کرده بود.

گودرزی زنش را قانع کرد که انبار زیر اتاق را تمیز و مرتب می‌کند تا شبها برای

خواب به آنجا بروند.

«هر چی باشه امن تره تا سرو صدا بخوابه!»

شعله که از خواب بلند شد، صبحانهاش را داد و سرش را با عروسکهایش گرم کرد و خودش به انبار زیر اتاق رفت تا به آنجا سر و سامانی بدهد و آمادهی سکونت کند. بعد از آن که کف را تمیز کرد و فرش انداخت، برای آن که دلباز شود، در دو گوشهی آنجا دو گلدان شمعدانی نهاد و آینهی گردی را زیر لامپ سیار، بر دیوار نصب کرد و در دوسوی آن دو قاب منظره کوبید.

مریم زودتر از موعد به خانه برگشت و ضمن خبر تعطیلی مدارس، با التهاب گفت: «مامان زنگ زد مدرسه گفت پاشین بیاین انزلی. تو تلفن گریه میکرد. پرویز جان میگم مدرسههام که تعطیل شده، ملیحه و محسنم که رفتن دماوند و یه تعارف خشک و خالی هم نکردن، از طرفی ما که عید میخوایم بریم انزلی، چن روز زودتر میریم...گوشات با منه پرویز؟ میگم همه دارن میرن!»

گودرزی به تلفن دیروز فکر میکرد که باجناقش محسن به او اصرار کرده بود که همراه آنها به دماوند بروند و او جواب داده بود که جایشان امن است و برای آن که مریم وسوسه نشود، حرفی در این باره به او نگفته بود و حالا با این دعوت دیگر چه باید میکرد؟

گودرزی سعی کرد زنش را از فکر رفتن منصرف کند.

«ببین مریم جان، خیلی چیزا رو فروختیم، تو هم از طلا و خرد و ریزت گذشتی، از دو طرف هم که مقروض هستیم، حالا درست سر بزنگاه بذاریم بریم؟... امروز فردا بازار داغ میشه. خصوصاً جنسایی که این زیر انبار شده، مناسب همین روزاس.»

«مث غریبهها شده قیافهت پرویز!»

گودرزی نفهمید که زنش چرا این حرف را زد و تا شب که با زحمت از پلکان فلزی انبار زیر اتاق پایین رفتند، حرف دیگری نزد.

مریم، شعله را که خوابش میآمد، بغل کرد و زیر آینه، روی تشک ابری نشست.

او اولین بار بود که پایین می‌آمد و از این که کنار شوهر و بچه‌اش بود احساس امنیت می‌کرد و جعبه‌ها و کارتن‌ها و گونی‌هایی را که درگوشه‌ای روی هم چیده شده بود، دید می‌زد. گودرزی رفت تا سری به اجناس بزند و در ضمن گفت: «حدس می‌زنم صاحبخونه‌م که خونه رو خریده از وجود این انباری با خبر نبوده، اگه نه حتم اجاره رو بیشتر می‌کرد.»

مریم طوری که شعله بیدار نشود گفت: «تو کشف کرده باشی و صاحبخونه نه؟ بعیده.»

ـ بعید نیس؛ چطور پس حرفی نزد راجع بهش؟ ... نه مریم جون، این زیر درست مث یه معبد باستانیه، محل دفن یه گنجینه‌س که ما کشفش کرده‌یم و حق بهره‌برداری داریم.

ـ حرفات برام عجیبه.

ـ تو هنوز واهمه داری؟

ـ می ترسم یه روز به خاطر این کار آبرمون بره.

ـ نترس! ما داریم جواب یه بی‌حرمتی تاریخی به شغلمونو می‌دیم... اینا رو که می‌بینی، هرکدوم به اندازه‌ی خریدش سود به آدم تقدیم می‌کنه؛ مشروط به این که صبر کنی که کی خودش بگه منو بفروش.

مریم، شعله را آرام روی تشک خواباند و پیش شوهرش آمد. یک قوطی کوچک حاوی اسپری تنفسی را از داخل کارتنی که درش باز بود بیرون آورد و نگاهش کرد. پرویز توضیح داد «وقتی نفست گرفتار تنگی می‌شه، همچی که از دو تا پله بالا بیای و احساس کنی که نفست بند اومده و داری خفه می‌شی، یه فشار، یه فشار مختصر به اینجا، راه ریه‌تو باز می‌کنه و زندگی رو به تو برمی‌گردونه... فقط گیر کار اینجاس که همین فشار مختصر، این روزا کلی خرج داره.»

گودرزی اسپری تنفسی را از دست مریم گرفت و در جایش گذاشت و در عوض یک اسپری معطر را از کارتن دیگری بیرون آورد و به طرف همسرش دراز کرد و گفت:

«بگیر اینو امتحان کن؛ حتم می‌پسندی. نپسندی هم، چن فشار چیزی از اصل کم نمی‌کنه.»

مریم از منطق او خوشش نیامد و گفت: «بعداً کسی که می‌خره، کلاه سرش نرفته؟»

گودرزی خندید و جواب داد: «کار ازین حرفا گذشته؛ چه معلوم که خریدار دوباره فروشنده نباشه؟ پس یه ناخنک، مباحه. یه جایی کلاه رفته سرت، یه جایی کلاه می‌ذاری.»

مریم لحظه‌ای سرزنش‌بار به شوهرش نگریست و بعد گفت: «با همین روحیه و منطق می‌ری سرِ کلاس؟»

گودرزی در جواب او گفت: «تو با کدوم روحیه می‌ری کلاس؟ دایم هزار فکر دل‌آزار آزارت نمی‌ده؟» سری تکان داد و در ادامه گفت: «تصمیم دارم ولش کنم.»

مریم با کنجکاوی پرسید: «چی رو ول کنی؟»

«کلاس، درس، مدرسه رو... علافیه!»

مریم در او خیره شد و دیگر حرفی نزد. گودرزی زیر فشار نگاه همسرش، آب دهان را به زحمت قورت داد و هم زمان صدای خشک تقه‌ای از گوشه‌ی انبار، توجه او و هم مریم را جلب کرد. لبخندی برگوشه‌ی لبان گودرزی نقش بست و با خوشحالی کف دو دست را به هم سایید و گفت: «غلط نکنم گرفتش!... حدسم درست بود؛ مردک فضول اونقد کنار جو کشیک داد تا آخرش این لعنتی رو کیش داد به انبار!»

مریم که ارتباط حرفهای شوهرش را درک نمی‌کرد، عصبی شد و پرسید:

«چی می‌گی با خودت؟»

گودرزی بی‌آن که به سؤال زنش جواب بدهد، به نقطه‌ای که صدا از آنجا آمده بود رفت و دید که یکی از تله‌ها، موش چاق و چله‌ای را گیر انداخته است.

«گیر افتادی لعنتی! چه خیال کرده بودی؟ فکر کردی می‌تونی آرزوهای منو بجوی؟ فکر کردی می‌تونی یه انبار این بغل بزنی و انبار منو بار کنی ببری اونجا؟»

تله را با موش به دام افتاده بلند کرد و همزمان مریم که آمده بود، آن را دید

و بی‌اختیار جیغ کشید. پی در پی و مثل تیغ بر شیشه. شعله از خواب پرید و با جیغ مادرش جیغ زد. مریم رفت و شعله را بغل کرد و به طرف پلکان فلزی دوید و با حالتی هیستریک داد زد: «یه دقیقه‌م این زیر نمی‌مونم!»

صبح فردای آن روز مریم و گودرزی حرفشان شد. این یکی گفت و آن دو تا جواب داد و در تمام مدت شعله وسط دوتایشان نشسته بود و اشک می‌ریخت. در آخر مریم چمدانش را بست، دست شعله را گرفت و رفت تا همراه برادرش به انزلی برود. وقت رفتن گفت: «من می‌رم، خواستی بیا، نخواستی به درک! انشاءالله موشک بزنه وسط انبارت!»

و در را محکم به هم کوبید و رفت.

گودرزی کلافه شده بود. تصمیم گرفت به بازار برود و نعمتی را ببیند. از کوچه که گذشت، حاج‌غلام مثل همیشه در کوچه بود. عمداً نه به او سلام داد و نه به سلامش پاسخ گفت.

در بازار، نعمتی به او مژده داد که درخت اقتصادیش نه تنها شکوفه، بلکه میوه داده است، آن هم چه میوه‌ی آبداری. التهابش فرو نشست و اعتماد به نفسش دوباره برگشت. با خودش گفت «بذا بره! منم می‌رم، ولی با دست پر، طوری که بگه پرویز معذرت!»

توی بازار پلکید و گوش به بازار داغ شایعات سپرد و متوجه نبود که عیوضعلی سایه به سایه تعقیبش می‌کند تا هنگامی که آژیر خطر به صدا درآمد. کسی دست او را گرفت. برگشت و دید عیوضعلی است. عیوضعلی که رنگ بر رخساره نداشت، با بیانی الکن گفت: «آقا... بریم زیر اون طاق!»

حتی اجازه نداد گودرزی عکس‌العمل نشان دهد و با حالتی غیرعادی او را به طرف دروازه‌ی کاروانسرای متروکی کشید و گفت: «زود باش آقا، زود باش!»

گودرزی چاره نداشت جز این که همراه او بدود. زیر طاق دروازه‌ی کاروانسرا، عیوضعلی دست معلمش را سفت گرفته بود و با لبهای لرزان نگاهش می‌کرد. او

طوری وحشت کرده بود که انگار قرار است موشک تا چند لحظه‌ی دیگر همان نقطه را در هم بکوبد، ترسی که به وجود گودرزی هم رخنه کرده بود و هنگامی که صدای مهیب انفجار زمین و هوا را لرزاند، قلب او هم لرزید. عیوضعلی سرش را به سینه‌ی گودرزی چسباند و چشمش را بست و به رعشه افتاد و وقتی که پلک‌هایش را گشود، با لکنت پرسید: «آقا می‌گید کجا رو زد؟»

گودرزی در عیوضعلی همان حالتی را دید که وقتی در کلاس گردنش را گرفت و به دیوار چسباند. دلش به حال او سوخت و گفت: «نترس پسر. چیزی نبود، تموم شد.»

عیوضعلی آرام نشد و با تشویش پرسید: «آقا شما می‌گین خونه‌ی ما رو نزده؟»

گودرزی لبخندی زد و گفت: «نه پسر جان، چرا زده باشه؟... می‌خوای برو پیش بابات، به اتفاق برید خونه که خیالت راحت شه.»

بغض عیوضعلی ترکید و با گریه گفت: «نه آقا، حتماً زده!... مامانم روزی صد دفه دعا می‌کنه موشک بزنه تو خونه و اونو خلاص کنه!»

گودرزی دستی به سر او کشید و گفت: «حتماً زیاد اذیتش می‌کنی، سعی کن پسر خوبی باشی براش.»

ـ ما اذیت نکردیم آقا، از دست بابامونه؛ از وقتی رو شما شرط‌بندی کرده.

ـ رو من؟... چه شرطی؟

ـ آقا یادتونه هی از ما می‌خواستین بگیم بابامون بیاد مدرسه؟

ـ خب؟

ـ مادرمون خیلی به بابام گفت برو، بابامون...

گودرزی علاقه‌ای به این که بفهمد چرا نعمتی به مدرسه نیامده، نداشت و بلکه می‌خواست بداند موضوع شرط‌بندی چه بوده است، لذا حرف عیوضعلی را قطع کرد و پرسید: «موضوع شرط‌بندی چه بود؟»

عیوضعلی اشک صورتش را با آستین خشک کرد و گفت: «بابامون می‌خواست ما رو بیاره بازار، مامانم راضی نبود... آقا شما می‌دونستین بابامون دو تا زن داره؟»

گودرزی وانمود کرد که جمله‌ی آخر را نشنیده است و پرسید: «مادرت چرا راضی نبود؟»

«مامانم از بازار و بازاری بدش می‌آد. می‌گه همه‌شون لنگه‌ی بابات هستن. مامان دلش می‌خواست من معلم بشم.»

گودرزی که حوصله‌اش سررفته بود، پرسید: «نگفتی موضوع شرط‌بندی چه بود؟»

عیوضعلی لحظه‌ای به چشمان گودرزی چشم دوخت، بعد سرش را به زیر انداخت و با خجالت گفت: «به خاطر همین حرف مامانم، باباگفت شرط می‌بنده هر معلمی که از خودش بهتر نباشه، دلش غش و ریسه می‌ره واسه کار بازار... بعدش رو خود شما شرط بست و قسم خورد که اگه برنده بشه، جای سه شب در هفته یه شب بیشتر پیش مامانم نیاد.»

گودرزی منگ شد. در درونش احساس خلأ می‌کرد و سرش گیج می‌رفت. نفرتی عمیق وجودش را مالامال کرده بود. عیوضعلی سرش را بلند کرد و با خجلت و اندوه گفت: «چن روز دور و ور خونه‌ی شما پلکیدیم تا اون روز که پیداتون کردیم.»

انفجار مهیب دیگری بازار را لرزاند.

«دوباره زد آقا!»

اما گودرزی چنان غرق در افکار خودش بود که نه صدای داد عیوضعلی را شنید و نه متوجه شد که او چگونه گریان و دیوانه وار دوید و رفت و در میان جمعیتی که در بازار موج می‌زد، گم شد.

گودرزی با خود اندیشید که آیا دیروز مادر عیوضعلی درباره‌ی این موضوع با مریم حرفی زده یا نه؟ اگر گفته پس چرا مریم چیزی به روی او نیاورده بود؟ آیا ترسیده بود که غرور او شکسته شود؟ چرا صبح که دعوایشان شده بود، چیزی نگفته بود؟ هجوم افکار پریشان دیوانه‌اش می‌کرد. دلش می‌خواست برود و پنجه بر گلوی نعمتی بفشارد. یاد حرف‌های یک ساعت پیش نعمتی افتاد.

«کلک! انگار خبر داشتی که اوضاع موشکی می‌شه، اجناس جنگی جور کرده‌ی.

رو دس ما پا شدی ناقلا! بخوای، قلفتی خریدارم.»

حالا درک می‌کرد که تمام حرف‌های او بوی توطئه می‌داده است. تردید و سوءظن در وجودش می‌خزید. می‌پنداشت که عاقبت نعمتی او را در یک فرصت غافلگیرانه از میدان رقابت خارج خواهد کرد. و در آن دقایق، در همانجا زیر طاق دروازه‌ی کاروانسرا تصمیم نهایی‌اش را گرفت.

«فردا اول وقت، هر چه هس بار ژیان می‌کنم، لب‌الب. باربندم می‌بندم. همه رو می‌آرم تا تنور گرمه، می‌چسبونم. بهشون ثابت می‌کنم کی لایق تره. آره، طوری می‌آرم که حاج‌غلام با چشاش ببینه و محله رو پر کنه که فلونی تاجر شده. شدم که شدم به کوری چشم تو! طوری می‌فروشم که نعمتی ببینه و از حسادت چشاش از کاسه در آد. آره!»

احساس آرامش و اطمینان کرد. بی‌هدف قدم زد و برای فردا نقشه کشید و هر لحظه اعتماد به نفس بیشتری پیدا کرد. غروب پیش از آن که به خانه برگردد به چلوکبابی رفت و سفارش مخصوص داد با سالاد و ماست و دو تا نوشابه. مشتری‌های دیگر تند و با عجله می‌خوردند، ولی او در آرامش کامل و با لذت لقمه‌ها را می‌جوید و فرو می‌داد و بی‌خیال ناراحتی مزمن معده‌اش، قلپ قلپ نوشابه سر می‌کشید.

از خیابان که توی کوچه پیچید، حاج‌غلام توی دروازه‌ی خانه‌اش ایستاده بود و با دیدن اتومبیل او، به خانه رفت و در را محکم به هم کوبید. گودرزی از این که توانسته بود روی حاج‌غلام را کم کند، خوشحال بود.

بعد از این که وارد منزل شد، یک راست به سراغ دریچه‌ی کف اتاق رفت، آن را برداشت و پایین رفت. هنوز به کف نرسیده بود که یادش افتاد دوشاخه‌ی سیم رابط را به پریز نزده است. دوباره بالا آمد و دوشاخه را به برق زد، پرده کرکره را بست و چراغ را خاموش کرد و وقتی پایین رفت، دریچه را هم روی سر خود بست. تصمیم داشت شب را با اجناس خود خلوت کند.

وقتی دریچه را بست، لحظه‌ای دچار واهمه شد، اما شعف ناشی از فکر ثروت

بادآورده‌ای که به زودی نصیبش می‌شد، ترس را از یاد او برد.

روی تشک نرم نشست و سیگاری روشن کرد و در حالیکه حلقه‌های دود را از سر تفنن به طرف سقف می‌فرستاد، به جعبه‌ها و کارتن‌ها و گونی‌هایی که روی هم چیده بود چشم دوخت و لذت برد. به فرداکه اولین گام تجاریش را بر می‌داشت فکر کرد و به چشم اندازروشنی که در مقابل خود می‌دید اندیشید.

پس از آن که مدتی با رؤیاهایش لاس زد، از جا برخاست و به سراغ اجناس نازنینش رفت. در یکی ازکارتن‌ها راگشود. کیپ تا کیپ آن رادیو تک موج جیبی چیده شده بود. یکی را برداشت و زیر و بالایش را نگاه کرد. جلد چرمیش بوی تازگی می‌داد. ولوم صدا را بازکرد، پارازیت داشت. ولوم امواج را تغییر داد و به یکباره صدای آژیر قرمز در فضای زیرزمین طنین افکن شد. بی‌اختیار ولوم صدا را بست و ترس بر وجودش چنگ انداخت.

«کاش مریم و شعله پیشم بودن! حالاکجان اونا؟ خیلی بد شد، کاش می‌رفتم منزل داداشش و احوالی می‌پرسیدم! حالا رفته‌ن یا تهرونن هنوز؟ بد رفتاری کردی پرویز، این خیلی خودخواهیه!»

یکی از تله‌موش‌ها تقی صداکرد و فنرش بسته شد. هنوز صدای تقه توی گوشش بود که انفجاری مهیب، خاک سقف زیرزمین را تکاند. تکانی شدیدکه او را به گوشه‌ای پرت کرد، پلکان فلزی را انداخت، کارتن‌ها و گونی‌ها را فرو ریخت و آینه را به زمین کوفت و خردکرد.

گودرزی قبل از آن که از هوش برود، احساس کردکه دنیا بر سرش فرو می‌ریزد.

احساس تشنگی شدید او را به هوش آورد. تاریکی محض پیرامونش را در احاطه داشت. صدای خفه‌ی آژیر آمبولانسی را شنید وکم‌کم موقعیتش را دریافت. پنجه‌هایش را حرکت داد و به صورتش دست کشید و بعد آهسته پاهایش را درازکرد. پنجه‌ی پایش به جسم سختی برخوردکرد و پایش را عقب کشید. صدای جیرجیری ازگوشه‌ی دیگر شنیده می‌شد. دست در جیبش کرد وکبریت را در آورد و روشن کرد.

پلکان فلزی پیش پایش افتاده بود. به سقف نگاه کرد. دریچه‌ی فلزی همچنان بسته بود. از جا پا شد و پلکان را به زحمت بلند کرد و به زیر دریچه فشار آورد. دریچه بلند نشد. فشار بیشتری داد. محکم بود و تکان نمی‌خورد. چند بار به زیر دریچه کوبید، کمترین تکانی نخورد. قلبش فرو ریخت.

«یعنی ممکنه؟... موشک زده و آوار ریخته رو دریچه؟... یعنی من این زیر زنده به‌گور شده‌م؟ مریم!... مریم جان!»

صدای دوباره‌ی آژیر آمبولانس، امید را در وجودش زنده کرد.

«بجنب مرد! تا مردم اون بالا جمعن بجنب! دس رو دس بذاری، می‌میری بدبخت، زنده به‌گور می‌شی!»

ترس از مرگ گردش خون را در رگهایش سریع کرد و قلبش تند می‌زد. وسط زیرزمین، زیر دریچه ایستاد و سرش را بالا گرفت و با تمام وجود نعره کشید و کمک طلبید، آنقدر که حنجره‌اش درد گرفت و اما کسی صدایش را نشنید. باز پلکان شکسته را بلند کرد و محکم به دریچه‌ی فلزی کوبید. طنین صدای برخورد، در محیط پیچید و پرده‌ی گوشش را لرزاند. باز هم کوبید؛ محکم‌تر و چندین بار، تا توانش تحلیل رفت و حس کرد که دستانش از بیخ بازو جدا می‌شود. صورتش گر گرفته بود و بدنش غرق عرق شده بود. خسته و هلاک کف زمین پهن شد. بغض گلویش را فشرد و دلش گرفت.

«فقط مریم می‌دونه من اینجام، ولی اون حالا کجاس؟ تا بخواد بفهمه و تا بخواد خودشو به اینجا برسونه، کارم تموم شده... بیچاره پرویز، آرزواتو به گور بردی!... یادته مریم؟ وقتی می‌رفتی آرزو کردی موشک بزنه وسط اینجا، حالا زد راحت شدی؟»

ته دلش آرزو کرد که مریم نرفته و همین دور و برها باشد.

«شاید بازم بیاد دنبالم. حتماً امروزم چن بار اومده و من نبودم، دلش شور افتاده برام... تقصیر من بود؛ مث سگ بدرفتاری کردم، حقم بود!»

بغضش ترکید و در آن خلوت و تاریکی های‌های گریست. وسط گریه، صدای جیرجیر خفیفی توجه او را جلب کرد. جعبه‌ی کبریت را از جیب بیرون آورد و آخرین

چوب کبریت محتوی آن را بیرون آورد و به بغل قوطی کشید. سوخته بود. خودش راکورمال کورمال به طرف اجناس درهم ریخته کشاند و به هر زحمتی بود، کارتن محتوی چراغ قوه و باطری‌ها را پیداکرد و یکی از چراغ قوه‌ها را باطری انداخت و روشن کرد و شعاع نورش را به اطراف افکند. صدای جیرجیر از ناحیه‌ی تله موشی بود که به پهلو افتاده بود. روی زانو به طرف آن رفت و غلتاندش. موشی که در تله افتاده بود، برای رهایی تقلا می‌کرد. ستون نور را بر روی موش متمرکزکرد و وجود موجودی که هنوز نفس می‌کشید، احساس تلخ تنهایی را در او تلطیف بخشید.

«حیوونکی! فکر نمی‌کردی تو تله بیفتی. مگه من فکر می‌کردم؟ آدم چه می‌دونه چی پیش می‌آد؟... اما تو می‌تونی راهتو به بیرون پیداکنی. تو فرزی، کارته. تو احتیاج به کمک دیگرون نداری و فقط کافیه فنر تله رو آزادکنی.»

سرفه‌اش گرفت. بوی خاک و نم، پره‌های بینیش را تحریک کرد و عطسه زد. موش چند بار خودش را به شدت تکان داد و برای رهایی تقلاکرد. گودرزی تله را از زمین بلندکرد و چشم در چشمان سرخ موش دوخت و بیشتر از پیش با موش احساس همدردی کرد.

«چرا من فکر می‌کردم که تو باید بمیری؟ به خاطر چی؟ به خاطر این که انبار من، انبار پرویزگودرزی به خطر نیفته؟ این آشغالا حالا دیگه به چه درد من می‌خوره؟ تو به چه جرمی باید محکوم به مرگ بشی؟ نه، تو حقته آزاد زندگی کنی و هر جایی که دلت می‌خواد بری. بری بیرون، بری توی جو و اگه دیدی حاج غلام با سیخش بالای سرت وایساده، دوباره بدوی تو سوراخ.»

به یاد حاج غلام افتاد.

«حالا اون کجاس؟ زیر خاک یا توی بیمارستان؟ شایدم فقط یه زخم سطحی برداشته و دوباره اومده توکوچه و برای مردمی که جمع شدن، دوبار، صدبار، هزار بار ماجرا رو از اول تعریف می‌کنه... او دیدکه من اومدم تو خونه... هه! حتماً تعریف می‌کنه که یه معلم بیچاره‌م توی این خونه بوده و جنازه‌ش هنوز پیدا نشده.

شایدم بگه موج انفجار پرتش کرده هزار متر دورتر. شایدم بگه پودر شده... یا اینکه ممکنه به مأمورا پیله کنه که بگردن منو پیداکنن... چطوری ولی؟ اون که نمی‌دونه زیر اتاق یه زیرزمینه. هیچکی نمی‌دونه... مگه این که من نشونی بدم. ولی چطوری؟... موش؟... آره موش!... موش اگه بره بیرون، اگه بره تو جو، حاج‌غلام پیداش می‌کنه... حتماً پیداش می‌کنه؛ اون بیکاره، فضوله و به همه چی کار داره و به همه جا سرک می‌کشه!»

عشق به زندگی تنها نقطه‌ی امید او را تقویت بخشید. تله‌موش را زمین گذاشت و روی زانو کارتن‌های ولو شده را وارسی کرد. هر یک راکه دم دست بود جر می‌داد و محتویاتش را بیرون می‌ریخت، تا بالاخره کارتن لوازم‌التحریر را پیداکرد و از درونش ماژیک سرخ رنگی بیرون آورد و آنگاه ورق سفیدی از یک دفترچه جداکرد و روی آن نوشت «حاج‌غلام جان قربان شکل ماهت بشوم من این زیر بدجوری گیر افتاده‌ام. در وسط هال از طریق یک دریچه‌ی فلزی به زیر راه دارد. من در آنجا محبوس شده‌ام. قربانت کمک کن نجات پیداکنم. کوچک شما پرویزگودرزی.»

کاغذ را تا می‌توانست لول کرد و به دور آن تکه‌ای نایلون پوشاند و به نخ کلفتی که از یک گونی جداکرد، گره زد. به طرف تله‌موش برگشت.

موش داشت از نفس می‌افتاد و شکم نرمش به آرامی بالا و پایین می‌شد.

گودرزی آرام دست برد و سر دیگر نخ را محکم به دم موش گره زد و بعد فنر تله را آزادکرد و موش راکف زمین رها ساخت. موش بی‌حرکت بود. گودرزی ترسید که نکند موش مرده باشد.

«تو رو خدا نمیری!... پاشو... پاشو!»

با نوک انگشت موش را به جلو هل داد. موش کمر راست کرد.

«آفرین کوچولو! تو آزادی، برو بیرون. تو حالا برو، بعداً هر چه اینجاس مال تو... قول می‌دم!»

موش چند گام آرام برداشت و بعد یکمرتبه و با سرعت شروع به دویدن کرد.

ستون نور چراغ قوه در دست گودرزی، موش را و لوله کاغذ را که مثل پرچمی سفید بر دمش برافراشته بود، تا پشت گونی‌ها تعقیب کرد. گودرزی گوش خواباند. هیچ صدایی شنیده نمی‌شد. همان‌جا به دیوار نمور تکیه داد و پاهایش را درازکرد. کنار دستش یک اسپری تنفسی از جعبه بیرون افتاده بود. آن را برداشت و به دهان نزدیک کرد و فشار داد. موج مرطوبی وارد ریه‌هایش شد و احساس خوبی به او دست داد. جعبه را خالی کرد و تعداد اسپری‌ها را شمرد. شصت و پنج عدد بود.

«خوبه! می‌تونه مدتی زنده‌ت نیگر داره!»

یادش آمد در جایی خوانده بود که در این گونه مواقع باید کمتر تقلا کرد و از حداکثر هوای موجود استفاده نمود. به سراغ کارتن چراغ قوه‌ها رفت و همه را باطری انداخت و روشن کرد و در گوشه و کنار جاسازی نمود. ستون‌های متقاطع نور، فضای تنگ انبار را چراغانی کردند. از کارتنی دیگر رادیوها را بیرون آورد و باطری انداخت و یکی بعد از دیگری روشنشان کرد و گرداگرد زیرزمین چید؛ با آخرین حد صدا و هرکدام بر سر موجی. طنین پرآوای گفته‌ها به زبانهای مختلف و موسیقی با نواهای گوناگون، فضا را پر از صدا کرده بود.

کنج دیوار نشست و چشم به دریچه‌ی فلزی سقف دوخت و در همان حالت خوابش برد. در خواب دید حاج‌غلام روی صندلی چرخداری نشسته بود و کنار جوی آب پیاده رو، پس و پیش می‌رفت. داخل جوی آب، موش در حالیکه کاغذ به دمش وصل بود به این طرف و آن طرف می‌گریخت و در آخر حاج‌غلام ناموفق در شکار موش، با صندلی چرخدار به درون جوی آب سرنگون شد.

وحشت‌زده از خواب پرید و همزمان صدای ضرباتی از بالا توجهش را جلب کرد. باورش نشد و فکر کرد دارد خواب می‌بیند. چشم‌هایش را مالید. نه، خواب نمی‌دید و واقعاً در بالا خبرهایی بود و صدا هر لحظه قوی‌تر می‌شد. قلبش به تپش افتاده بود. از جا بلند شد و به زیر دریچه رفت و با همه‌ی قوا فریاد سر داد. لحظاتی بعد دریچه از زیر بار سنگین آوار آزاد گشت و با جیرجیر گشوده شد و ستون

سفید و تابناک نور روز به درون تابید. کسی از بالا داد زد: «کسی اونجاس؟»

گودرزی با صدایی خراشیده و بغض‌آلود جواب داد: «آره، من پرویز گودرزی اینجام!»

غریو شادمانه‌ای از بالا در هم تنید و به درون زیرزمین تنگ راه یافت.

وقتی گودرزی بالا آمد، لحظه‌ای نور شدید چشمش را آزرد و بعد که قدرت دیدش بهبود یافت، دید که جماعت انبوهی پیرامونش جمعند. میان آنها همسرش را دید که شعله در آغوشش بود و دو تایی از شوق اشک می‌ریختند. در کنار آنها حاج‌غلام در لباس بیمارستان ایستاده بود. او که نیز بی‌اختیار اشکش سرازیر شده بود به زحمت و با بیانی الکن به مریم می‌گفت: «نگفتم م م مریم خانوم، ن ن نگفتم شوهرت زززنده‌س!»

محسن، باجناقش، شعله را که بی‌تابی می‌کرد از بغل مریم گرفت و به آغوش ملیحه سپرد تا آرامش کند. مسعود، برادر مریم و ملیحه، به پهنای صورت اشک می‌ریخت و پی در پی از نایب نوابی تشکر می‌کرد.

گودرزی مانده بود که چه کند و چه بگوید؟ هنوز نمی‌دانست چه کسی و چطور به دادش رسیده بود. مریم؟ حاج‌غلام؟ محسن؟ ملیحه؟ نوابی؟ یا موش؟ دلش می‌خواست هر کس را که در سر راهش است در آغوش بگیرد و تک تکشان را ببوسد و سر بر شانه‌هایشان بگذارد و های های بگرید. اما هیچ کدام از این کارها را نکرد و کاری کرد که دهان همه باز ماند. او همه را کنار زد و به سراغ دخترش شعله رفت که خود را از آغوش خاله‌اش جدا کرده و رفته بود در پیاده‌رو جلوی مغازه‌ی غفور، روی زانو نشسته بود و سعی می‌کرد بنفشه‌های له شده و مدفون در زیر پاره موزاییک‌ها و تکه شیشه‌ها را نجات دهد. او با دیدن پدرش، با صدایی بغض‌آلود گفت: «گل می‌خوام بابا!»

و آنهایی که با تعجب به دنبال گودرزی آمده بودند و اطراف آن دو جمع بودند، همه با گوشهای خودشان شنیدند که گودرزی زیر لب زمزمه کرد: «بیچاره گُل بنفشه‌های غفوربابا!»